財神門徒

之16 梟雄之心

劉晉成 著

財神門徒

目錄

第一章 江小媚的心事

好不容易擺脫了金河谷，江小媚越來越發現他難纏了，這麼一直拒絕下去，很可能丟失金河谷對她的信任，難道為了博取金河谷的信任，就要她犧牲色相嗎？

江小媚搖了搖頭。這絕不可能，卻為自己的堅決而吃驚，天啊，我什麼時候變成了這樣？

像金河谷這樣有錢有地位的富家公子，不一直都是她擇偶的最佳人選嗎？

關曉柔在外面泡了茶，敲了敲金河谷辦公室的門，金河谷正在氣頭上，最近諸事不順，哪有好語氣給她，只聽裏面傳來他冰冷的聲音，「什麼事？」

「金總，是我，我泡了點綠茶想給你送進去，我能進去嗎？」關曉柔在門外輕聲細語的說道。

金河谷揉了揉腦袋，起身給關曉柔開了門，就往沙發上一坐，一副疲憊不堪的模樣。

關曉柔倒了杯熱茶給他，笑著說道：「金總，我看你似乎心情不好，泡了杯綠茶給你去去火氣。」

金河谷摸著茶杯，抿了一小口，拍了拍他身旁的空地方，「曉柔，過來坐。」

金河谷已經有很久沒到公司來了，關曉柔看到他鼻子上的膠布，心知可能跟破了相有關，今天突然來了，又是這副陰沉的模樣，這會兒又對她笑了笑，這有點讓關曉柔心裏害怕，不知金河谷心裏在想什麼。

她剛一坐下，金河谷的手就落在了她豐臀上，不安分的摩挲了起來。這些日子因為破了相，他一直躲在家裏養傷，也有好些日子未近女色了，瞧見身材惹火的關曉柔，一時就起了興致。

「曉柔，喝茶能去火嗎？」金河谷似乎話中有話，黠笑著問道。

關曉柔不知他話中何意，說道：「那得看喝什麼茶了，綠茶就是去火的。」

金河谷點頭笑道：「我現在的確是需要瀉火，可我體內的火喝多少茶都沒用。你明白嗎？」

看到金河谷臉上的淫笑，關曉柔立馬就明白了他的意思，而此刻金河谷的大手也愈加放肆起來，已伸進了她的短裙內，隔著光滑的絲襪撫摸她柔嫩的大腿。若是以前，關曉柔肯定會配合他，甚至在他一碰自己軀體的瞬間便誇張的呻吟起來。而現在，關曉柔只覺得這個男人從上到下全身沒有一處是不令她噁心的，本能的就想拒絕他，便挪了挪臀部，離金河谷遠了些。

「怎麼了？」

金河谷喘著粗氣，他正在興頭上，卻沒想到被一向溫順的關曉柔給拒絕了。眸中熾盛的欲焰漸漸熄滅，面容變得無比冷峻，「怎麼，你不願意？」

關曉柔心裏矛盾極了，從某種意義上來說，她現在還是金河谷豢養的情婦，住著他的房子，花著他的錢，那就有義務滿足金河谷那方面的要求，這本身就是一場交易。但從內心深處而言，金河谷已經傷透了她的心，她現在對他只有厭惡，尤其是這段時間她與省公安廳副廳長祖相庭的秘書安思危的感情有了進展，就愈加的想要脫離金河谷的控制了。

「不是，金總，我今天肚子不舒服，可能那個要來了。」關曉柔捂著裙擺，害怕金河谷再過來侵犯她。

金河谷聽了這話，不僅沒有生氣，陰沉的臉反而浮現出了一絲笑容，一把抓住關曉柔纖細的臂膀，順勢壓了過去，「不是還沒來麼，這時候幹那事最合適，不必擔心會懷孕，連套都省了。」

關曉柔扭動嬌軀，在金河谷身下掙扎了一會兒，但她的力氣哪裏比得過這個壯碩的男人，一會兒便沒了力氣，只能任由金河谷擺佈，很快身上的衣物就被他剝了個乾淨，當金河谷在她身體裏馳騁的時候，她感受不到一絲一毫的快感，有的只是無盡的屈辱。

……

關曉柔垂淚穿好了衣服，金河谷靠在沙發上抽了根煙。

「曉柔，今天你就早點下班吧。」金河谷伸手在她豐挺的胸前捏了一把，壞笑著說道。

關曉柔點點頭，「金總，現在你的心情好些了麼？」

金河谷笑著說道：「自然好些了，火氣瀉出去了麼，曉柔啊，別說，你這皮膚是越來越嫩了。」

關曉柔若不是為了套他的話，恨不得立馬就離開，陪著笑了笑，「那是什麼人或是什麼事惹得你如此大動肝火呢？」

「蘇城的工地上打死人了，你知道嗎？」金河谷淡淡的說道。

關曉柔點點頭，「聽說了，據說工人都跑了，現在員警正在四處抓人呢。」

「那你知道為什麼咱們的工地會接二連三的出事嗎？」金河谷又問道。

關曉柔搖搖頭，「這個我倒是不知道，金總，那到底是為什麼呢？」

金河谷掐滅了煙頭，目光變得凌厲起來，眼睛裏似乎要噴出火來了，「還不是咱們對面的那個傢伙，如果不是他搗亂，我的工地就不會有那麼多的事了！」

關曉柔心裏不屑，心道明明是你鬥不過林東，還偏偏把自己說得多委屈似的，嘴上卻說道：「金總，這個林東也真是可惡，怎麼處處都跟你作對啊，不能讓他這麼猖狂下去了，是該給他點教訓了！」

金河谷冷笑了幾聲，在他三百多平米的辦公室內，那笑聲迴盪開來，如夜梟啼鳴，令人聽了頭皮發麻，「他蹦躂不了多少時日了，我等著為他送葬呢。」

關曉柔心中一凜，金河谷這話是什麼意思?難不成他還敢殺人不成？感覺到自己的心臟突突的加快了跳動的速度，關曉柔勉強笑了笑，「金總，若是真的有那麼一天，可真的要恭喜你了。你……真的那麼有把握嗎？」

金河谷忽然眉頭一皺，像是意識到了什麼似的，盯著關曉柔看了好一會兒，語氣變得冰冷，「你問那麼多幹嗎？是要打聽什麼嗎？」

關曉柔嚇得不輕，趕緊搖頭否認，「金總，我跟了你那麼久了，你可不能不相信我啊！我之所以問問，那也是出於關心你啊。」

金河谷甩甩手，「我累了，要進去睡會兒，你沒什麼事就可以走了。」

「那我就先下班回去了。」

關曉柔輕手輕腳的走了出去，帶上了房門，走到外間的辦公室，一刻也未停留，把一堆化妝品胡亂的塞進包裏，拎著包就走了。到了停車場，進了車，便把手機掏了出來，給江小媚打了個電話。

江小媚此時還在辦公室，看到她打來的電話，拿起來低聲道：「喂，有事嗎？」她隱去了關曉柔的名字，在辦公室裏她必須小心提防，外面辦公室裏的一個個可都眼巴巴的盯著她的位置，讓她們抓住了把柄，那一定會告到金河谷那兒去。

關曉柔知道她在辦公室裏說話不太方便，長話短說，「小媚姐，今晚八點的時候我去你家，有事情與你商量。」

「好。」

江小媚掛斷了電話，看了一下手錶，還有半個小時就下班了，這小妮子這麼急著找她，應該是又得到了新消息。

「哎呀，剛才怎麼就答應她去我家了呢！」江小媚想起那次關曉柔對她做出的異常舉動，有些日子沒與她接觸了，不知道關曉柔的取向有沒有恢復正常，若依舊那麼對她，這次可真的不能心慈手軟了。

在辦公室裏翻了翻時尚雜誌，半個小時很快就過去了，自打來到金鼎投資公司之後，她就沒有一日過得充實過，大部分的時間都是在辦公室裏上網喝茶度過的。過了這幾月的清閒日子，倒是令江小媚覺得自己的穿衣品味和審美標準又有了一大截的提升，身邊不少人都說她越來越有巨星架勢了。

拎著新買的義大利名牌手包離開了辦公室，到了車庫，卻恰巧遇到了金河谷。

金河谷見了她，眼睛裏閃爍出異樣的光芒，忙走過來打招呼，「小媚，這麼巧，去哪兒啊？」

江小媚臉上掛著禮貌性的笑容，「金總，我回家。」

「不會吧？小媚，你可是現代都市的金領一族啊，怎麼那麼早就要回家？」金河谷一臉的難以置信，他對江小媚懷有非分之想也不是一天兩天了，只不過一直沒機會下手，當初花大價錢挖她過來，一部分是看上了江小媚的能力，而大部分卻是看上了她的姿色。

江小媚微笑道：「是啊，你可能不大瞭解我，我這人比較宅。」

若沒有單獨相處的時間，他永遠都沒法得手，金河谷眼珠子轉了轉，很快便有了主意，笑道：「今天關秘書身體不舒服，我讓她先回去了，晚上有個飯局，都是本地的市政府高官，小媚，你能否陪我去應付應付？」

江小媚豈會不知金河谷肚子裏的花花腸子，當即拒絕了，「金總，我家裏真的有些事情。」

金河谷歎了口氣，「小媚，我發現你怎麼老是躲著我呢？自從來到金氏地產，你可就一直與我不怎麼接觸哦。據我所知，你在林東手下的時候，可不是這樣的，你不會是還念著舊主吧？」

江小媚心中暗暗為金河谷叫了聲好，他這一張嘴還真是厲害，看樣子今天若是不答應，就脫不了這念著舊主的嫌疑了。

金河谷微笑著看著他，自信已將江小媚逼上了梁山。

江小媚臉上露出為難的神色，「金總，今天是我媽媽的生日，可能你還不知道，我從小就沒有父親，是母親一手把我拉扯到大，所以每年她生日的時候，無論有多麼重要的事情，我都會推掉的，實在抱歉，我不能陪你去了。要不讓辦公室的小趙陪你去吧，她可一直希望能與你一起見見世面呢。」

金河谷滿臉失望之色，「原來是伯母的生日啊，要不這樣，我也去你家，與你一起為伯母慶生好不好？」

江小媚一愣，「你不是有飯局嗎？」

金河谷哈哈一笑，「飯局可以推掉的嘛。」

江小媚這才肯定剛才他嘴裏的飯局是他臨時編出來的，心道果然沒安好心，「金總，我母親比較孤僻，不喜歡外人，有機會的話，我單獨邀你去我住的地方，可以嗎？」

金河谷大喜過望，以為這是江小媚對他的某種暗示，連連點頭，「可以可以……」

「那我先回家了。」江小媚嫣然一笑，亮出白嫩的手指揮了揮，坐進了車裏，開著紅色的寶馬走了。

金河谷還在回味剛才的一幕，忍不住嘖嘖讚歎：「真是個尤物啊，姓林的那小子肯定也對她動過心思吧……」

好不容易擺脫了金河谷，江小媚發現他越來越難纏了，這麼一直拒絕下去，很可能丟失金河谷對她的信任，難道為了博取金河谷的信任，就要她犧牲色相嗎？江小媚搖了搖頭，這絕不可能，卻為自己的堅決而吃驚，天啊，我什麼時候變成了這樣？像金河谷這樣有錢有地位的富家公子，不一直都是她擇偶的最佳人選嗎？

江小媚為自己的悄然改變感到不可思議，心道難道我真的愛上了林東？當下搖了搖頭，還是趁早打消這個念頭，她與林東之間是根本不可能的。不知為什麼，在林東面前，她隱藏得極深的自卑感就會暴露出來。或許是因為林東身旁有太多外貌和家世都不輸給她的美女吧，抑或是林東一直對她敬而遠之的態度。

江小媚開車到了家，煎了一塊牛排，配上紅酒，美美的吃了一頓晚飯。剛吃完，門鈴就響了。

打開門一看，是關曉柔來了，見她神色驚慌的樣子，江小媚忍不住問道：「曉柔，怎麼了？」

關曉柔氣息不勻，喘著粗氣，「金河谷要殺林東！」

江小媚聞言色變，訝聲道：「你怎麼知道的？消息可靠嗎？」

關曉柔道：「是他親口說的，他今天告訴我，他說林東已經活不了多少日子了。」

「你說仔細點，把你們的對話原原本本的告訴我。」江小媚沉聲道，顯得十分冷靜。她要比關曉柔沉著許多。

關曉柔把今天在金河谷辦公室裏發生的事情做了一些處理，隱去了金河谷強上她的那一段，剩下的原原本本的說了出來。江小媚聽了之後，陷入了沉思之中，「他說的會不會是一句氣話？」

關曉柔道：「不會！金河谷在我面前不知發過多少次牢騷了，往常說起林東，他總是暴跳如雷，而今天卻顯得異常的平靜，若不是想好了除掉林東的法子，他絕不會這樣的。」

「曉柔，你快回去吧，不要讓人發現你來過我這裏。」江小媚道。

關曉柔起身離開了，到了門口，忽然轉過身來，笑道：「小媚姐，有個事情我想與你說說。」

江小媚見她神神秘秘的樣子，笑問道：「什麼事啊？」

「我可能……又戀愛了。」關曉柔咬著嘴唇，臉上浮現出少女般的羞澀。

江小媚倒是吃了一驚，這女人這邊還沒跟金河谷徹底斷了，另一頭卻又接上了另一個男人，真不知該如何說是好，「曉柔，那恭喜你了，對方是個什麼樣的男人呢？」

關曉柔掏出手機，調出了安思危的照片，「給你看看，怎麼樣，帥吧！」

江小媚一看，模樣長得還真不賴，穿著警服，英氣逼人，「喲，是個員警啊！」

關曉柔得意的說道：「是啊，在省公安廳工作，給大領導當秘書呢。」

江小媚道：「曉柔，你找到好男人，姐姐替你高興，但有一點我得提醒你，把照片放在手機裏這類事情最好別做，萬一被金河谷發現了，那可不好辦。為了你們的將來，你得千萬小心謹慎！」

關曉柔愣了愣，臉上的笑容消失了，面色變得灰暗起來，刪除了手機裏的照片，歎道：「這樣的日子還真不知什麼時候才能到頭。」

江小媚道：「跟姐姐說說，你們是怎麼認識的？」

關曉柔道：「還記得那次金河谷叫我去公安廳送東西嗎？就是他帶我進門的。」

江小媚笑道：「然後你就跟他勾搭上了，是吧？」

關曉柔也不否認，「是啊，我當時就覺得他人不錯，所以才給了他電話號碼，他足足過了一個星期才鼓足勇氣聯繫我，那時我都快忘了他長什麼模樣了。」陷入愛河的女人，一提起心上人，似乎就有說不盡的話。

「好了，有時間咱們再細聊，你該走了。」

江小媚把關曉柔送出門，深深出了口氣，總算不用再擔心關曉柔的性取向了。她坐在沙發上，給林東打了個電話，「林總，關曉柔告訴我，金河谷想要殺你。」

林東並不感到奇怪，他已經知道金河谷和萬源勾搭在了一起，而殺他肯定是萬源回來的最主要的目的。

「小媚，你再辛苦一段日子，我和金河谷的較量，很快就會有結果了。」林東站在窗前，看著深邃的夜空。

江小媚欣喜若狂，「我早就盼著回去與你共事了，林總，這種日子我真的快熬不下去了。」

林東微微一笑：「說什麼傻話呢，小媚，你可是我見過最堅強的女人之一呢。」

掛斷了電話，江小媚臉上露出淒苦的笑容，再堅強的女人那也是外表上的堅強，內心深處，都有一塊如雲彩般柔軟的地方，那兒需要用男人的愛去充實填滿。

「林東啊林東，你到底瞭解女人多少呢？」

第二天清晨，林東一早便起了床，練完了一套拳之後，感覺通體舒泰，全身毛孔皆像是會呼吸似的，體內的氣息源源不斷，十分的舒坦。吳長青交給他的這本內家功法果真神奇，這些日子，他除了剛受傷的那兩三天沒練，其他時間每天都有修煉，見效顯著。如今的他，閉氣能閉五分鐘。這入門功法都那麼厲害，林東心想若是修煉到進階的功法，那不知有多厲害呢，說不定電視上的飛簷走壁就能在現實中重現。

回到家裏，高倩已經做好了早餐。

「東，你快吃吧，我得去公司了。」說完，高倩拎著包就走了。

吃了早餐之後，林東就給陶大偉打了個電話，約他見面。陶大偉讓他去三中的操場，那兒離警局不遠。林東開車過去，半小時不到就到了，過不久，陶大偉也來了。

「晦氣，差點進不來。」陶大偉把車門摔得山響，一下車嘴裏就罵罵不絕。

林東笑著遞給他一支煙，「陶大警官，哪個不長眼的惹你生氣了？」

陶大偉道：「門口的保安，怎麼，他沒攔你嗎？」

林東搖搖頭，「我就這麼開進來的。」

陶大偉瞥了一眼林東的賓士，「呸」了一口，「開好車有什麼了不起啊！瞧不起我們開桑塔拉的啊！」剛才在門外，若不是他亮出了警官證，今天還真是進不來。

林東道：「你別拐彎罵人哦！我可沒得罪你。」

陶大偉道：「老子罵的是那些勢利眼，你別對號入座。」說著，點了根煙，「找我啥事？」

林東收起臉上的笑容，與他一併倚在車上，「大偉，我大概摸到了萬源藏身的地方！」

陶大偉眼睛一亮，就像是見到了獵物的獵人，忙問道：「在哪兒？」

「抵雲灘金河谷的別墅裏！」林東吐出一個煙圈，緩緩說道。

陶大偉摩拳擦掌，興奮的說道：「這孫子可是通緝的要犯啊，提供線索並且被證明線索為真的警局獎勵五萬塊呢。」

林東笑道：「兄弟，我是在乎那五萬塊的人嗎？實話告訴你吧，萬源回來。就是要辦我呢！」

陶大偉眉頭一皺，冷笑道：「他辦你？找死！逃都逃了，居然還敢回來，難道真當咱們員警是吃乾飯的嗎！」

教學樓上的電鈴響了，不少學生湧向了操場，安靜的小院內頓時變得熱鬧起來。不少學生朝他們兩個投來好奇的目光，林東趕緊把煙扔掉，「大偉，煙掐了吧，這是學校，別造成不良影響。」

陶大偉卻像是沒聽到似的，「不良影響？你去學校的各個角落裏轉轉，我肯定你能發現一大堆避孕套！現在的學生都早熟，你別怕帶壞他們，因為他們比你還壞。」

林東瞠目結舌，不知如何反駁，陶大偉的話剛說完，就有幾個留著長頭髮的學生走了過來，流里流氣的。

「兄弟，有煙啊。拿出來跟哥幾個分享分享。」帶頭的那個學生笑著說道，耳朵上打了孔，掛著個小環。

陶大偉伸手從兜裏把警官證摸了出來，亮了一下，「認識嗎？滾！」

這幾個學生最害怕員警，他們雖不知警官證長什麼模樣，但還是認識字的，立馬就作鳥獸散了，跑了老遠，才敢回頭。

「我剛才說的沒錯吧？」陶大偉哈哈笑道。

林東搖搖頭，苦笑著說道：「這就是國家未來的主人翁嗎？」

陶大偉道：「你別瞧不起他們，我跟你說，這其中也有好樣的，年紀不大，但是能扛事兒，算得上好漢。」

林東不願與他繞著這個話題扯下去，說道：「大偉，你能不能帶人包圍了那棟別墅？」

陶大偉道：「不行，你並不能肯定萬源就在那裏，萬一撲了空，金河谷反咬一口，兄弟們吃不消的。」

林東點點頭，「那好，我也不讓你為難。既然正道走不通，我就只能另想辦法了。」

陶大偉道：「晚上，晚上行動吧，下班後我跟你一塊去，不以一個員警的身分，以你兄弟的身分。」

林東拍了拍他的肩膀，「這才是我的好兄弟！到時候我多帶些人過去，萬源旁邊有個非常厲害的傢伙，人少了我怕拿不住他。」

「哦，有多厲害？」陶大偉感興趣的問道。

林東描述了一下那晚在梅山別墅所見到的場景，著實讓陶大偉吃了一驚。

「林東，你這是跟我說書了吧？這世上哪有這種怪物，還是人嗎？」陶大偉一臉的不信。

林東歎道：「反正今晚你就知道了，大偉，千萬別掉以輕心！」

「好了，下班後我聯繫你，我還有案子要跟，就先走了。」陶大偉扔掉了煙頭，坐進了車裏，桑塔拉冒著黑煙走了。

林東站在操場上，教學樓裏傳來朗朗的讀書聲，他拿起手機，給李龍三撥了一個過去，「三哥，我找到萬源了，天黑之前能否帶些人過來？」

李龍三興奮的說道：「好啊，上次那麼憋屈，今晚咱一定得找回來。林東，就那晚那些人，你看怎麼樣？」

林東道：「足夠了。」

掛了電話，林東就開車去了工地，有陣子沒去那兒了。

到了那兒，發現門口停了一輛電視台的採訪車，微微一笑，該是米雪又來了。

「老闆，來了！」

值班看門的工人看見了他，興奮的叫了起來，他對工人們一分好，工人就會十分愛戴他。短短時日，林東儼然已經成為他們心目中最好的老闆，因而一個個幹活都十分賣力，就算有愛躲懶的人也不好意思了。

「辛苦。」

林東和工人們打了招呼，往前走到工地前面，就見一群工人都忘了幹活，把電視台的人圍成了一圈，就連他走過來，也沒人發覺。

「這位大伯，你們現在吃的如何呢？」

人群裏傳來米雪甜美的聲音，林東掂了掂腳尖，看到她正在和老孫頭說話。老孫頭平時是個很木訥的人，不知米雪用了什麼招數，竟能讓這老頭這般順暢無礙的和她交流。

老孫頭不知是否因為頭一次上電視太激動，眼裏噙著淚花，「在這吃的可好了，咱們老闆肯花錢，我們工人啊每天吃的都跟過年似的，雞魚肉蛋都少不了。你瞧瞧，我在這幹了幾個月的活，都胖了。」

林東忍不住笑了笑，這個老孫頭，不開口就是個悶葫蘆，一開口就是個洩氣的氣球，收都收不住，還真看不出來他這麼能說。

米雪就像話家常似的與工人們交流了一會兒，這期的節目做完了，工人們開始散去，這才有人發現了站在最外面的林東。也不知誰喊了一聲「老闆來啦」，所有人都像是怕得瘟疫似的，一溜煙全跑了。

米雪看見了林東，笑著走了過來，「我還以為今天見不到你了呢。」

林東笑道：「也不知怎的，鬼使神差的來了工地。」

米雪臉一紅，心裏卻十分開心，「你看你一來他們就都跑去幹活了，看來無論他們對你的評價有多高，但內心裏還是害怕你的。」

林東笑道：「這很正常啊，我和他們畢竟處在兩個層面，在他們眼裏，我最多算是個對他們好一點的老闆，但終究還是老闆。」

米雪若有所思的點點頭，「你說的很對，中國的雇傭與被雇傭之間的關係的確很微妙，看看西方發達國家，工人們就不會覺得低人一等，這就是差距。」

林東注意到米雪頭上沒帶安全盔，臉一冷，扭頭叫道：「仇胖子，你給我滾出來！」話音未落，就見一個身材渾圓如球的胖子，從剛拉好結構的大樓裏跑了出來，喘著粗氣來到林東身旁，「林總，啥事叫我？」

林東指著米雪，「仇胖子，你看看！」

米雪摸了一把自己的臉，心想難道我臉上有什麼嗎？

仇胖子是工地上負責安全的，盯著米雪看了一會兒，恍然明白過來，摘下自己的安全盔，不由分說的蓋到了米雪的頭上，咧嘴朝林東呵呵直笑。

「扣你一天工資！」林東板起臉，「下次再看到這種情況，扣你半月工資！」

仇胖子點頭哈腰，「沒有下次了，不會了。」

米雪到現在才弄明白是怎麼回事，林東卻拉著她往外走，「工地上不安全，時刻都要注意，頭上腳下可都得小心。」

「林東，你誤會剛才那人了，是我不要戴安全盔的，因為那樣會影響上鏡的效果，你罰了他工資，我心裏十分過意不去。」米雪停下腳步，蹙著眉頭。

林東道：「公司的規定不可改，找機會我會補給他的，你別放心上了。」

米雪吁了口氣，「你剛才的樣子真嚇人，像是要吃人似的，還從沒見過你那種表情。」

林東苦笑搖頭，「米雪啊，你是跟他們打交道打得太少了，對付他們，可不能一味的懷柔，否則工地肯定亂了套，有時候惡人才能制得住他們，明白嗎？」

米雪睜大眼睛看著林東，連連搖頭，「太深奧了，難以理解。」

「這麼跟你說吧，」林東咬著嘴唇想了想，「為什麼古來成大事的大多都是一些流氓？比如漢高祖劉邦、明太祖朱元璋？他們就是善於運用這個『惡』字，那些高尚的君子，除了留下美名，有幾個能成大事的？」

米雪聽完林東的一通關於「惡人」的理論，愈發捉摸不透眼前的這個人，抿著粉嫩可愛的櫻唇，連連搖了幾下頭，那寬大的安全盔戴在她的腦袋上，遮住了她大半張的臉，平添了幾分俏皮可愛。

「你這人啊，真是讓人看不透，有時候覺得你就像個大男孩，挺陽光挺簡單的一個人，有時候又覺得你是那麼的深不可測，陰沉的讓人害怕。」米雪摘下了安全盔，交還給林東，「太重了，戴得我脖子都酸了。」米雪扭了扭脖子，伸出纖纖素手在脖頸處揉了揉，陽光照在她賽雪的肌膚上，林東可以看得見她雪膚上微黃色的茸毛，一切都顯得那麼美好。

「喂，怎麼不說話了？」米雪見他半天不說話，忍不住開口問道。

林東回過神來，「噢，我在回味你剛才的話呢，知名主持人，你剛才到底是誇我，還是損我呢？」

米雪笑道：「不褒不貶，嘿嘿。」

這時，電視台來的一行人已經收拾好了東西，米雪的經紀人華姐在後面叫道：「小雪，你現在回去嗎？」

米雪猶豫了一下，身後的車子已經發動了，像是鼓足了勇氣才開口，「林東，你今天有空嗎？要不一塊兒吃個飯吧。」

林東搖了搖頭，「不好意思啊，我今天有很多事情要做。」

米雪滿含期待的表情一下子變成了失落，什麼也沒說，一轉身快步朝電視台的採訪車跑去了。

第二章 離間計

萬源心知今天是逃不掉了，一個扎伊再厲害，他也是一個人。
此刻，他心裏恨極了兩個人，一個就是林東，另一個就是金河谷。
他不知中了林東的離間計，
心想除了金河谷，再沒人知道他藏身在抵雲灘別墅裏，
對於背叛他的人，他恨不得食其肉飲其血，
而要復仇，也只能依靠扎伊了。

林東回到工地的辦公室裏，任高凱正在那兒喝茶看報，見到了他，立馬站了起來，「林總，你今天怎麼來了？」

辦公室裏亂糟糟的，任高凱趕緊忙著收拾，臉上掛著尷尬的笑容。

林東坐了下來，丟了根煙給任高凱，說道：「老任，別忙了，坐下來和我說說話。」

「哎。」任高凱放下手裏的東西，回到自己座位上坐了下來。

「最近工地上怎麼樣？」林東問道。

任高凱從桌子上找了個本子出來。因為要應付林東隨時都有可能的抽查，任高凱已經養成了每天記日記的習慣，這本子上就記滿了這段日子工地上發生的大大小小的事情。他挑重點的向林東彙報了一下。

「有新的工人過來是好事，但這個關你可要把好，金氏地產的蘇城國際教育園的工地上發生了命案，這事你是知道的吧？」林東抽了一口煙，瞇著眼睛看著任高凱。

任高凱點了點頭，「聽說了，死的據說是個大混混。」

林東接著說道：「那人是被工人們打死的，所以如果有那批工人之中的人過來，一概不准收！」

任高凱道：「放心吧林總，這個你不說我也知道，那些人都是敢鬧事的，我們工地不需要那種不安分的人。」

「陪我去工地上轉轉吧。」林東站了起來，換上了膠鞋和工裝。戴著安全盔，與任高凱一併離開了辦公室。二人在工地上轉了好一會兒，任高凱走得腿都痠了，林東卻是越走越有勁兒，看著這一幢幢高樓從他手裏拔地而起，心裏的自豪與驕傲感油然而生。萬丈高樓平地起，這就像農民看到自已種的莊稼長高了一樣。他的這一份喜悅，任高凱是領會不到的。

中午林東就在工地食堂吃了頓午飯，到了下午三點鐘，他就離開了工地，李龍三和他帶來的二十名好手已經在來的路上了。林東去市區的酒店為他們訂了房間，今晚若是抓到了萬源，他非得好好慶祝一番。

李龍三到了之後，林東就把他們帶進了酒店裏，安排他們先休息。

「林東，如果有塊地盤給你管理，你能行嗎?」在李龍三的房間裏，二人面對面坐著，李龍三忽然問了這麼個問題。

林東搖頭笑了笑，「三哥啊，這我當然不行了，我雖是做生意的，但打打殺殺搶地盤的事情我不行啊，我不專業。」

李龍三笑了笑，「誰天生就會啊，道上混只要記住一句話就行，人要狠手要辣！讓神仙看了敬你，讓惡鬼見了怕你！」

林東搖了搖頭，心裏對李龍三這話不是非常贊同，在他看來，做什麼事情都不可能一味的利用暴力，懷柔也是手段之一。

「我知道你心裏肯定不贊同我，但這就是我李龍三活到今天所積攢下來的經驗。」李龍三鄭重其事的說道，看上去一臉的嚴肅，就像是個嚴厲的師傅跟徒弟訓話似的。

林東笑著說道：「三哥，你跟我說這些有用嗎？我又沒想過要走這條道。」

李龍三冷笑了幾下，「除非你不想做高家的女婿，否則有些事遲早會落到你頭上。」

林東一怔，難道是高紅軍跟李龍三說了什麼，李龍三今天才說這些話給他聽的？

高紅軍有意將西郊拿下之後便交給林東打理，先給他一塊小的地盤，讓林東先熟悉起來。他知道隨著年紀越來越大，打下來的江山終究是要傳給年輕人的，而他只有一個女兒，不方便接手他的事業，那麼只能由女婿接手。

見林東久未開口，李龍三憋不住了，問道：「你是不是瞧不起我們混社會的？是不是覺得我們賺的錢都是骯髒的？」

林東一愣，隨即連連搖頭，「千萬別這麼說，我從來沒有這麼想過。但我知道，好人與壞人之分，從來不是以行業來區別的。古往今來，有不少的俠士都是市井之徒，而又有不少暴虐之人，卻是高高在上的肉食者。」

李龍三臉上嚴肅的表情鬆懈了下來，笑著說道：「你有這番見解就好，我可以告訴你，五爺的生意都是乾淨的，別把我們想像成電影裏的黑社會，時代進步了，地痞流氓也需要獲得社會的肯定！」

林東苦笑了笑，「請問，我有其他選擇嗎？」

李龍三咧嘴笑道：「有！你的選擇就是做還是不做高紅軍的女婿！不做，自然這些好事就落不到你頭上了。」

林東搖頭苦歎，「你們這是強人所難啊！」

李龍三臉上露出一絲苦笑，心道你小子撿了天大的便宜，居然還在這賣萌！

到了下午五點半，陶大偉打電話過來，問林東在哪裏，他已經下班了。

林東把酒店的名字告訴了他，讓他過來吃了飯一起過去，六點鐘的時候，一身便衣的陶大偉帶著幾名同樣是便衣的警員進了酒店。

林東在大堂裏見到了他，看了看他身後的幾人，還沒等他開口，陶大偉便開口了。

「這幾位都是局裏的鐵哥兒們，都是好手，我把他們帶來，肯定能幫得上忙。」陶大偉把身後三人的姓名一一說出來，引薦林東與他們認識。

「既然是大偉的好兄弟，那也就是我林東的好兄弟，客氣話我就不說了，樓上已經準備好了飯菜，跟我走吧。」

這幾人都是不喜歡拘束的人，見林東灑脫大氣，心裏都喜歡，當下便把他當做好哥兒們，跟著林東上了樓。

進門一看，見包廳內已經有兩桌人了。陶大偉與李龍三四目相對，林東頓時就感覺到氣氛緊張了起來。陶大偉雖然穿著便衣，但李龍三還是一眼就認出來剛進來的這幾人是員警，而李龍三和他的兄弟雖然腦門上沒刻著字，陶大偉卻能一眼看出來他們是道上的。

這就像盜匪遇到了兵丁，氣氛頓時變得十分緊張。

「林東，這是怎麼回事？」陶大偉先開了口。

林東打圓場說道：「諸位都別見怪，兩方都是我的朋友。大偉，我來介紹你認識，這位是李龍三，我叫他三哥，或許你會認識。」

陶大偉臉上浮現出驚訝的神情，他很想問問林東是怎麼認識李龍三這樣的道上知名人物的？

倒是李龍三顯得鎮定，不愧是高五爺身邊的人，主動上前來與陶大偉握了握手，說道：「你好，我就是李龍三，初次見面，請多關照。」

高紅軍與蘇城各方面的關係都不錯，尤其是警局這塊，裏面更是有不少人，所以李龍三與員警打交道並不陌生。

陶大偉也不好板著臉，雖然李龍三是出了名的大混混，但是人家並沒有犯罪證據落在他手裏，笑了笑，「李哥，你剛才說的話有問題啊，你可不能指望我關照你，等需要我關照你的時候，那就是出事了。」

李龍三一愣，馬上反應了過來，哈哈笑了起來，說道：「兄弟你真幽默，我喜歡與你這樣的人做朋友。」

林東懸著的心終於放下了，他真怕這兩邊人互相看不順眼，別還未出師，自己這邊的人就先打了起來，眼看李龍三與陶大偉稱兄道弟，他這才放了心。要說李龍三與陶大偉兩個人，那還真是有點兄弟相，都是高大壯碩的身材，氣質上也有些接近，不過卻是一兵一匪。

一頓飯很快就吃完了，沒有人喝酒。林東在飯桌上反覆強調了今晚抓人行動的危險性，要所有人都不要逞強，最重要的是保護好自己，寧願抓不到萬源，也不要有人受傷。

李龍三那晚見過扎伊的厲害，也出言警告帶來的那幫人，要他們不可大意，一定要打起十二分的精神。

吃過晚飯之後，把地圖鋪了開來。

李龍三說道：「大家看，抵雲灘在南郊，是個很偏僻的地方，從這兒到那兒有一條大路和一條小路，大路上車多，但是沒法直接開到抵雲灘別墅附近，小路比較難行，有一段是土路，但可直接開上抵雲灘。諸位，我建議從小路抄到抵雲灘後面，然後迅速包圍萬源。記住，咱們的第一目標是保護好自己，第二目標才是抓人，還有一點，如果遇到了那個怪人，千萬不可逞強，要想辦法躲避，不要與他正面衝突。」

眾人皆是點了點頭。

林東深吸一口氣，目光從他們臉上掠過，這支二十幾人的隊伍，戰鬥力應該稱得上一流，今晚只要萬源在抵雲灘的別墅裏，他就很難逃脫。

李龍三補充了幾句，「上次我和那怪人交過手，那人十分厲害，咱們根本不是對手。萬源陰險狡詐，上次就被他使了調虎離山之計，這次大夥記清楚了，不要追那個怪人，目標只有一個，那就是萬源！」

陶大偉從地圖上瞭解了抵雲灘附近的地形，別墅的南面就是個大湖，要逃的話，只有其他三面可逃，便說道：「諸位，我建議咱們集中力量把守東、西、北這三面，至於南面，除非萬源能變成一條魚，否則他如何也游不過落雲湖的。」

林東點頭說道：「落雲湖的情況我瞭解過，就橫在金河谷的抵雲灘別墅的前面不到百米遠，湖泊面積有三十多平方公里。所以我贊成大偉的提議，棄守南面，集中防守其他三個向。」

「說那麼多幹嘛，趕緊出發吧！」李龍三很興奮，恨不得立馬就與萬源交上手。

林東一揮手，「出發！」

眾人有序的離開了酒店，駕車從小路繞道前往抵雲灘別墅。

小路崎嶇難行，有很大一截全是坑窪不平的土路，眾人開車一個半小時，才算接近了抵雲灘。林東的車在前面打頭陣，他停下了車，後面的車也隨之停了下來。

李龍三從悍馬車裏露出了腦袋，「喂，怎麼停下來了？」

林東道：「還有一公里就到抵雲灘別墅了，開車動靜太大，都下車吧。」

李龍三對著後面吼了一嗓子，「都下車吧，步行突進！」

車門都開了，所有人都圍了過來。

李龍三看了看陶大偉，笑道：「兄弟，我後面有輛車裏裝的可都是違禁的武器，現在要拿出來分給弟兄們，你不會抓我吧？」

陶大偉笑了笑，回頭看了看他帶來的三人，「李哥，有沒有多餘的？我們哥幾個可都是空著手來的，分我們點。」

李龍三哈哈笑道：「哈哈，夠意思，少不了你們的！」說完，指了幾名手下，「把傢伙全都拿過來。」

那幾人朝一輛別克商務車走去，很快就抱了一大堆電棍回來。

李龍三道：「這玩意可不簡單，能電暈一頭壯牛。上次那個野人太厲害了，我知道單憑身手，咱們這些人加起來也不一定是他的對手，必須裝備些高科技的，來，每人拿一根。」

眾人有序的上手，每人領了一根之後還剩下幾根，看來李龍三是準備得多了。

「大傢伙注意了，咱們現在就朝抵雲灘別墅走，各位務必注意安全！」林東又強調了一遍安全問題，領頭在前面走著，他的左右分別是陶大偉與李龍三。林東左右看了看他們兩個，與他相同，都是一副如臨大敵的模樣。

「緊張麼？」林東笑問道。

李龍三嘴裏叼著煙，「我興奮！」

陶大偉笑了笑，「我從來都沒想過能與李哥合作，所以我也興奮。」

李龍三乾笑了兩聲，「兄弟，你是想說從來沒想過跟地痞流氓合作吧？」

陶大偉搖搖頭，「不是，是從來沒想過跟你這樣的大流氓合作。」

「我權當你是抬舉我了。」李龍三笑道。

等到距離抵雲灘別墅還有兩百米遠的時候，所有人都停止了說話，屏氣凝神小心戒備了起來。他們現在所處的位置是在抵雲灘別墅的後方，與別墅之間還隔著一片竹林。

那一片竹林有三四畝地大，全是高大粗壯的毛竹，把前面的別墅都遮住了。

林東停下了腳步，皺著眉頭，扎伊那個野人，如果鑽進了竹林裏，那就是他的天下，人再多也不是他的對手。

「如果那個野人逃進了竹林裏，大家千萬記住不要追趕，否則會有危險！」林東低吼道。

陶大偉道：「林東，就在這兒把人分成三隊吧，咱們三個各自領一隊，分別守著三個方向。」

李龍三點頭，「我帶了二十人，大偉兄弟帶了三個，加起來一共二十三人，我帶七個，剩下的你們兩個一人帶八個。」

說完，李龍三就開始分派人手，陶大偉帶來的三個員警還是跟著陶大偉，他又派了五個手下跟著陶大偉。剩下的人，他給了八個讓林東帶，其餘的自己領。

林東道：「大偉，你帶的人守住別墅的後方，我守左面，三哥守右面，有問題嗎？」

「沒問題。」李龍三和陶大偉異口同聲說道。

「出發。」

林東一揮手，眾人便加快腳步，低頭疾行。等到了竹林裏，就分為三撥，分別朝不同的方向走去。

抵雲灘別墅出於偏僻的郊外，附近沒有燈光，鑽進了竹林裏，只能摸黑朝前走去，還要儘量避免碰到竹子，以免發出聲音驚動了別墅裏的人，所以行進的速度相當緩慢。這短短的距離，卻讓眾人覺得無比漫長，每個人額頭上都冒出了汗珠。

林東抬頭看了一眼，茂密的竹林內，竟連一絲月光都看不見。

「東哥，怎麼停下了？」

林東身後跟著的八人見他停下了腳步，最前面的那個低聲問道，說話時聲音微顫，鼻息較重，想必十分緊張，若非如此，斷不會令這些身經百戰的好手有如此反應。

林東看著漆黑的夜空，低聲說道：「今晚天上的雲層很厚。」

的確，一大片厚厚的雲層漂浮在夜空之上，阻隔了星月之光，也令人覺得天氣微微有些悶熱，一點風都沒有，竹子的梢頭無精打采的耷拉下來，動也不動。

「東哥，咱們抓緊吧，其他兩撥人已經快到位了。」那人忍不住提醒道。

林東一點頭，率眾朝抵雲灘別墅的左面走去。

屋裏實在悶熱得很，反正已經到了夜裏，萬源索性就來到了陽台上面，躺在陽台上的躺椅上，全身上下只有一條寬鬆的大褲衩遮羞，露出兩排琵琶骨。

他愜意的抽著雪茄。那冒著紅光的煙頭，忽明忽暗，一如他此刻煩躁的心情。像他這種過慣了富貴日子、習慣了繁華世界的人，實在是耐不住這種寂寞了。當他穿行於茫茫山林，每日為了生存而小心翼翼的時候，的確是沒心思回憶當初紙醉金迷的生活，而現在重回到都市，回到了曾經創造過輝煌的地方，他沉寂的心再一次躁動了，這樣每天關在房子裏的日子就快讓他崩潰得要爆炸了。

「嘎嘎……」

萬源聽到了聲音，扭頭看了看。瞧見扎伊手裏拿著兩瓣西瓜走了過來，那西瓜上還冒著白霧，顯然是在冰箱裏冰凍過的，微微一笑，這個野人，如今也學會用冰箱了。

扎伊伸出黝黑的手，遞了一瓣西瓜給他。嘴裏嗚嗚的說著些誰也聽不懂的語言。

萬源摸了摸圓溜溜的肚子，擺了擺手，「不吃了，肚子都快被撐爆了。扎伊，你自己吃去吧。」

扎伊臉上露出了笑意，蹲在一旁。一手一瓣西瓜，迅速的啃食起來。這東西對他來說遠比肉食要好，在他們族裏，可是從未有人吃過這種甜蜜水潤的東西的，比山裏的果子可要好吃得太多了。

萬源瞧了一眼蹲在一旁的扎伊，嘿嘿笑了笑，「這傢伙……」

忽然，扎伊的嘴忽然停止了咀嚼，而他手裏的西瓜並未吃完，嘴裏還塞得鼓鼓的，顯然是有什麼動靜讓他暫時停止了啃食美味。

萬源發現了這一點，連忙問道：「扎伊，怎麼了？」

扎伊沒說話，丟掉了手裏的西瓜，趴在地上。耳朵貼在地板上，不過因為是在二樓，他不能確定聽到的動靜是不是腳步聲。萬源見到扎伊的舉動，也緊張了起來，扔掉了手中抽了一半的雪茄，從躺椅上爬了起來。

扎伊趴在地上聽了十幾秒，還不能確定是不是有人悄悄的潛行過來，皺著臉，刷的從陽台上跳了下去，重複剛才在樓上的動作，趴在別墅前面的空地上，細細查探。

「呱……呱……」

猛然間，扎伊忽然從地上跳了起來，神色變得十分緊張，對著陽台上的萬源大吼大叫起來。萬源聽得懂扎伊的話，臉色瞬間變得煞白，扎伊這是在告訴他，有大量敵人正悄悄的潛行過來。

萬源嚇得不輕，趕緊下樓，準備潛逃。

林東已經繞到了左側，他聽到了別墅裏傳來的急促腳步聲，心道不好，萬源已經發現他們了，危急時刻，靈光閃現，對著別墅大吼大叫道：

「金大少，多謝你的配合，如果這次抓到了萬源，咱們以前的恩怨一筆勾銷，以後咱們就是兄弟了。」

萬源剛衝出別墅，這話他聽得真真切切，不禁頭皮一麻，氣得跺腳，心裏已把金河谷給恨死了，心中暗罵道：「他奶奶的金河谷，居然出賣我！」危險之中，他也沒來得及思考就做下了判斷。

「留下四個人在這裏守著，剩下的人跟我衝到前面去。」

林東語速極快，還未說完，便已提著電棍朝別墅的正前方跑了過去，帶來的八人有四個跟著他跑了過去。到了別墅前面，正瞧見只穿了一條大褲衩往外面跑的萬源。二人再一次相見，有道是仇人見面分外眼紅，林東如此，萬源更是如此。

林東已打開了手裏電棍的開關，見了萬源，飛一般的撲了上去。萬源深知林東的厲害，不敢接招，嚇得直往後退。

「扎伊！」

危急關頭，能救他的只有扎伊了，萬源連連喊出扎伊的名字。就當林東認為手裏的電棍就要砸到萬源的身體的時候，扎伊忽然從一旁插了進來，他不認識電棍，見著黑乎乎的玩意兒，以為只是一根普通的木棍，當下也沒放在心上，伸手就要去抓林東的電棍。

「上次事情就壞在你這怪物身上，這次讓你知道厲害！」

林東領教過扎伊的厲害，知道這野人極難對付，但手上握著電棍，心裏的膽氣壯了些，發力朝扎伊砸去。而扎伊的速度卻更快，他一把將電棍抓在手中，本能的想要發力讓林東手裏的電棍脫手，但他還沒來得及發力，電流就湧了過來，瞬間就把他的手臂電麻了，接著整個身體都顫動了一下。這才意識到這黑乎乎的棍子的厲害，趕緊鬆手，頭暈目眩，摔在了地上。

而萬源卻趁著這點時間，已經饒過林東朝遠處跑去。他在滇緬交界處待了大半年的時間，每日為了生存而鬥爭，身手要比以前好很多，當跟著林東那四人撲過來的時候，他不知從哪裏摸出一把匕首，左右一晃，便刺傷了一人，突圍而出。

李龍三和陶大偉率領的兩路人馬聽到了動靜，知道林東已經和萬源在前面交上了手，二人皆非愚蠢之輩，當下留下幾人堅守，帶著剩下的人趕到前方去支援林東，尤其是李龍三，因為領教過扎伊的厲害，他更是害怕林東吃虧，萬一林東有個閃失，高倩和高紅軍都不會饒了他，所以幾乎是發狂般朝前面跑去。

扎伊的身體異於常人，雖然被電了一下，但十幾秒鐘的時間他就恢復了，這下知道了林東手裏棍子的厲害，再也不敢去硬拚。林東的目的本來就不是抓他，一轉頭，瞧見萬源已經快消失在他視線之中了，急得滿頭是汗，若是讓他逃了，今晚的行動就算是徹底的失敗了。

瞧見李龍三帶人趕來支援，剛想發聲讓李龍三去追萬源，卻覺得胸口一疼，扎伊趁他不注意的時候，結結實實的給了他一鐵拳。林東悶哼了一聲，一股大力襲來，連退了幾步才站穩。他萬萬沒有想到扎伊居然恢復得如此神速，而扎伊的臉上也浮現出了一絲驚訝，他萬萬沒有想到，林東居然能夠挨了他一記重拳還未倒下。

林東深吸了一口氣，感覺到剛才扎伊那一拳把他的氣息打亂了，中拳的地方好似淤塞了，經脈隱隱作痛。他趕忙照著吳長青給他的內家功法來調整呼吸，果然立馬就見了效果。

扎伊再次怪叫著撲了過來，他極為忌憚林東手裏的電棍，所以沒有直接衝過來，而是身形如鬼魅一般，以常人難以達到的速度掠了過來。林東也被他激起了鬥志，握緊電棍，咬緊牙關，不退反進，使出全身力氣，將手中的電棍橫掃，只要是血肉之軀，被這一棍子掃中，非得斷骨頭不可。

電光石火之中，扎伊近乎鬼魅般的變了形，身體居然在高速運轉之下折疊了起來，堪堪躲過了林東那一棍子，而踹出的那一腳也因全力躲避電棍而減弱了許多，揣在林東腿上，並未能將他擊倒。

「三哥，追萬源！」林東忍住疼痛，回頭吼道。

李龍三這才醒悟過來，見陶大偉也帶著人過來了，「兄弟，你去幫林東，我追萬源去。」

陶大偉帶著人撲了過來，他這是第一次見到扎伊，不禁愣了一下，萬源這是哪找來的野人？

人越來越多，扎伊意識到事情不妙，他唯一擔心的就是這幫人手裏黑漆漆會閃光的棍子，見這群人撲了過來，咧嘴齜牙，顯然是發怒了。只見他忽左忽右，瞬間便打翻了幾個，衝出重圍，往萬源逃竄的方向奔去。

陶大偉趕忙過來看看林東，「沒事吧？」

林東擺擺手，「輕傷，走，去追萬源！」

說完，二人緊跟在扎伊後面，但一會兒就被扎伊甩開了，林東有意要與扎伊一較速度，陶大偉跟不上他，也被遠遠的甩在了後面。

萬源往前跑了跑，一看前面是個湖泊，趕緊轉向，沿著湖泊往右面跑去，李龍三帶著幾個人，很快就追上了他。

「別跑了，你跑不了了！」李龍三距離萬源只有十幾米遠了，在後面喊話了。

萬源出來的時候是穿著拖鞋的，害怕跑得慢，早已把拖鞋給扔了，現在光腳狂奔，一路上不知踩到了多少石子，腳底板早就出血了，速度也慢慢的降了下來，但他知道，一旦被抓住，這輩子就再無重見天日的時候了。

就這十幾米的距離，李龍三拚盡全力也未能縮短，心裏非常惱火，怎麼就被一個老頭子給甩在後面了，而且對方還是光著腳，他怎知道這就是求生的力量。

「再不站住，爺我可就要使絕招了啊！」

李龍三在後面吼道，萬源怎麼可能會站住，依舊拚命的向前跑。李龍三停了下來，深吸一口氣，把手裏的電棍掄飛了出去，萬源跑得再快也沒有電棍飛得快，往前沒跑幾步，就覺腦袋「嗡」了一聲，然後便一頭栽在了地上。

李龍三快步趕上，大手一抓，便把萬源給提了起來，哈哈笑道：「今晚的頭功是老子的了！」

萬源已經恢復了知覺，趁李龍三不備，朝他刺了一匕首。李龍三是腥風血雨中闖過來的，嘴角一冷笑，出手如電，抓住了萬源的手腕，用力一擰，便把萬源的胳膊擰斷了。

「啊呀——」

萬源發出一聲淒厲的痛吼，匕首落在了地上，幾乎要絕望了，當他看見扎伊正奔過來的時候，心中又燃起了希望。

「扎伊，救我！」萬源帶著哭腔叫道，卻挨了李龍三幾個巴掌。

「叫什麼叫，收拾了你，這野人也跑不了！」

扎伊見主人被擒，奮力奔來，李龍三不禁眉頭一皺，居然害怕的往後退了一步，這可是前所未有過的現象，當年即便是被近百人包圍，他也沒有害怕過。他的呼吸有些急促，一手提著萬源，一手把電棍從地上撿了起來。

「啊嗚啊嗚……」

扎伊發出一連串的怪叫，一上來就拿出了拚命的架勢。一躍升起了兩丈高，從高落下。發出凌厲的一擊。李龍三腦筋一轉，一電棍把萬源電暈了丟在一邊，然後跳開，躲過了扎伊的凌空一腳。扎伊本就比他厲害，若還提著一個萬源，他估計撐不到三個回合就得吃虧，心想只要能多拖一會兒，等到林東帶人趕來，還害怕二十幾個好手打不過一個野人嗎？

扎伊落地，朝萬源看了一眼，瞧萬源一動也不動，咿呀咿呀的叫了一會兒，見萬源還是沒有反應，一時不知該如何是好。李龍三還真怕這野人抱起萬源就跑了。對著扎伊吼道：「嘿，野人，他死了，被我電死了。」

扎伊聽了這話，似乎明白了什麼，眼睛裏居然流下了淚水，整個人忽然變得殺氣騰騰，目光如刀，含淚盯著李龍三。忽然撲了過來。李龍三幾乎還沒來得及做出反應，臉上已結結實實的挨了他一拳，半邊臉頓時就腫了。

扎伊的拳頭如雨點般落下，李龍三毫無還手之力，平生雖然打架無數，李龍三還是第一次吃那麼大的虧，居然只有挨打的份。不過他知道如何在打架中保護自己，雖然挨了幾拳，但是並沒有受重傷，心道：「林東啊，你再不來我就快頂不住了！」

林東終於趕了過來，第一眼就瞧見了趴在地上一動不動的萬源，再一看，李龍三正被扎伊打得毫無還手之力，拎著電棍就衝了過去。扎伊以為是李龍三殺了萬源，憤怒已極，只顧著一拳一拳的揍李龍三，沒察覺到林東已到了身後，直到電棍的電力穿透他後背的時候，才知道自己大意了。

扎伊身子一僵，手上頓時沒了力氣，林東把電棍按在他的身上，電力源源不斷的進了他的身體裏。這時，李龍三回過了神，鼻青臉腫的他看到扎伊已經被制住了，想到剛才被揍得那麼屈辱，臉色變得猙獰無比，揚起手中的電棍，和林東一樣，狠狠的按在了扎伊的身上。

持續了一分鐘，扎伊已經軟綿綿的倒在了地上。

「三哥，收手吧，別搞出人命來。」

林東這麼一說，李龍三才撒手。

這時，陶大偉也趕到了，瞧見地上躺著的兩個，知道自己來遲了，一拍大腿，「啊呀！你們也不給我立功的機會。」

李龍三指著自己的鼻子，苦笑道：「瞧，這就是立功的獎賞，你要嗎？」

陶大偉哈哈一笑，「這絕對是特等獎，我恐怕沒那麼大的福氣。」

正當三人說笑的時候，萬源醒了過來，看到扎伊也躺在了地上，眼淚頓時就流了下來，絕望的閉上了眼睛，他知道是沒機會逃走了。

林東走了過去，俯視地上的萬源，冷冷道：「這是你逼我的！我本不願將你趕盡殺絕，但我不殺你，你卻要殺我，沒辦法，只能先下手了。」

萬源頹然道：「姓林的，老汪鬥不過你，我也鬥不過你。金河谷背叛了我，與你合作，他遲早也要敗在你的手上，糊塗啊……」

林東微微冷笑，「所以，你現在一定很恨他。」

「我平生最討厭被人背叛，若是有機會，我一定殺了他！」萬源咬牙切齒的說道，那聲音如夜鬼孤嚎，令人毛骨悚然。

這時，扎伊忽然甦醒了過來，他就地一掃腿，便將附近的李龍三和陶大偉撂倒，朝林東撲了過來。林東凜然不懼，他是遇強愈強的人，和扎伊交過了手，體內的潛力也發揮了出來，此時掛在他脖子上的財神御令熱得發燙，這正是御令主人此刻正處於巔峰狀態的徵兆。

瞧見扎伊飛踢過來的一腿，林東迎著踢了過去，兩隻肉腿在空中交擊，林東退後了幾步，扎伊也沒討到好處，凌空翻了幾個跟頭才止住了倒退之勢。這時，陶大偉和李龍三已經站了起來，又有不少人趕了過來。

萬源心知今天是逃不掉了，一個扎伊再厲害，他也是一個人。

此刻，他心裏恨極了兩個人，一個是林東，另一個就是金河谷。他不知中了林東的離間計，心想除了金河谷，再沒人知道他藏身在抵雲灘別墅裏，對於背叛他的人，他恨不得食其肉飲其血，而要復仇，他只能依靠扎伊了。

他用扎伊族裏的語言向扎伊下達最後兩條命令。第一條，就是讓扎伊馬上逃離！第二條，讓扎伊務必要殺了林東和金河谷為他報仇。扎伊聽了命令，遲遲不肯逃走，而隨著趕來的人越來越多，他已陷入了重重包圍之中。

求生的希望

萬源被帶進局子裏後，他回想了今晚事情發生的全過程。

他不知是不是上了林東的當，但心裏有了打算，暫不把金河谷咬出來。

他仍未斷了出去的希望，而此時能救他的只有金河谷一人，

不管金河谷有沒有出賣他，

反正金河谷為他提供住所並且為他辦假身分這些事情都屬實。

萬原打算以此來要挾金河谷，要金河谷利用金家的關係救他出去。

扎伊是萬源復仇的唯一希望，見這野人已被重重包圍，卻仍捨不得離去，心裏一方面為扎伊的救主之心而感動，另一方面則痛恨扎伊的愚忠。

「走啊，快走啊！」

萬源嘶聲力竭的吼道，嗓子都吼得啞了，雙目通紅，凌亂不堪的頭髮耷拉在腦袋上。

當此之際，一道電光從濃雲中劈了下來，一瞬間將天地之間照映的亮如白晝，繼而便是滾滾的雷鳴從天際傳來，狂風四起，將眾人衣衫吹得獵獵作響。落雲湖的湖水蕩漾開來，水浪拍打著堤岸，頗有些蕭瑟荒涼之感。

「看好萬源！」

林東掉頭對李龍三說了一句，李龍三轉頭朝萬源走去，臉上掛著冷笑，電棍在他手裏發出藍色的光芒，他堅信最好的辦法就是讓萬源不能動彈，所以他沿用了老辦法，一電棍把萬源電暈了，然後叫了兩人守著。

「林東，該是收拾這怪物的時候了吧。」李龍三見人已到齊，剛才他在扎伊手上吃了大虧，傳揚出去，恐怕有損他在道上的威名，所以急著從扎伊身上找回面子。

林東當然知道斬草要除根這個道理，擒住了萬源，如果讓扎伊逃脫了，那對他而言絕對是個禍患，握緊電棍指向扎伊，「兄弟們上，隨我擒住這個野人！」

扎伊已被包圍在人群之中，林東一聲令下，頓時喊殺聲四起，眾人紛紛朝扎伊撲了過去。扎伊瞥了一眼倒在地上的萬源，昂首朝天，發出野獸般的狂吼，忽地往湖邊衝出。縱身一躍，便躍過了撲過來圍獵他的眾人。一落地，已是五米之外。

露了這一手，著實讓在場許多好手看傻了眼，心想這怪物要是參加奧運會，那跳高這一項的冠軍就再無懸念了。林東和李龍三是早已領教過扎伊的厲害的，並不覺得驚訝，甩開眾人，繼續窮追不捨，陶大偉的速度要比他倆慢一些，緊跟著後面。

天空中有一道電光擊下，如一支奪目的利刃，筆直的劈入了前方的落雲湖裏。扎伊連番遭電棍點擊，雖然他身體十分強壯，但的確也被影響了速度，跑了不久，林東便與他相距不到五米了。

李龍三故技重施，把對付萬源的那一套用在了扎伊的身上。胳膊一掄，電棍脫手飛出，原以為穩中目標，但他忽略了扎伊與萬源的不同。扎伊感覺到腦後有風吹來，於奔跑之中一低頭，當電棍從他頭頂飛過之時。扎伊一探手就把電棍抓在了手中，也不回頭，反手甩出。那電棍便飛速朝李龍三的腦袋砸去，幸好有林東在旁，用手中的電棍檔了一下，才使李龍三避過一劫。

剛才那一下，把林東的手臂震得發麻，扎伊的隨手一擊力道居然那麼大，實在是個可怕的對手，心裏更抱定了不能讓扎伊逃脫的打算，若不然，今後可就要每日提防他尋仇了。

在惶惶不安中度日，那樣的心情實在非常人所能忍受，林東不願再提心吊膽，提了一口氣，發足朝扎伊狂奔而去，與他並進的李龍三瞬間便被甩開了幾個身位。

前面不到六十米，便是落雲湖了，林東只落後扎伊三米不到。而此刻的扎伊，心裏的震駭簡直無法用語言來形容，他一直以速度見長，沒想到城市裏居然有人有著不亞於他的速度。

「你跑不了了！」

林東再提了一口氣，吐氣開聲，震得扎伊耳膜發麻，感覺到耳邊有風聲傳來，慌忙往旁邊一閃，猛然回頭，露出猙獰的面目。

扎伊怒了！

轟隆——

一聲巨響過後，豆大的雨點傾盆而下，林東本想利用電棍電擊扎伊，但偏偏此刻天降大雨，電棍沾上了水，一旦打開開關，受電擊的便不只有扎伊一人了，只好拿在手裏當做普通的棍子使用，與扎伊混戰在一塊。

挨了幾棍子之後，扎伊猛然發現林東手裏的棍子不再發出那種讓他全身麻痹的光芒了，他唯一忌憚的就是林東手裏的電棍，此刻這種忌憚消失了，便放開了手腳，近身搏戰本來就是他最擅長的，幾個回合之後，林東便落入了下風，身上被扎伊擊中的地方，全都是劇痛無比。

「這傢伙的拳頭是石頭做的嗎！」

林東勉強抵擋了一會兒，李龍三和陶大偉先後趕到，二人立馬加入了戰團，林東這邊的壓力驟然減輕了不少。三人的身手都不錯，如今以三對一，很快就穩住了陣腳，把扎伊打得疲於防備。

三人之中，林東的打法最沒有章法，他從未受過正規的訓練，出招都是一拳一腳，佔優勢的只有速度和力道。李龍三雖然是痞子出身，但成名之後跟了不少名家學過格鬥之術，所以出招很有章法。陶大偉自幼便開始習武，幹了刑警之後，積累了豐富的對敵經驗，無論是招式還是力道都不差，唯一欠缺的就是速度。

扎伊生長在遙遠的摩羅族，那兒崇山峻嶺，他從小就在莽莽的原始森林裏奔跑，是族裏跑得最快的。長時間與野獸搏命，練就了他如野獸一般強健的體魄，讓他成為了族裏最優秀的獵手。若是單打獨鬥，這三人沒一個能在他手上過十招的，但今天多次遭受電擊，扎伊身體受損，在三人聯手進攻之下，勉強能抵擋得住，若是等後面李龍三帶來的好手都到了，他的落敗就成了定局。

主人被擒，扎伊本抱著一死之心去救萬源，但萬源卻命令他逃走，以完成他未竟的心願。扎伊知道此刻他最主要的任務就是脫身，於是就邊打邊往湖邊退去。

林東三人都以為他抵擋不住了，發起了更猛烈的進攻，打算一鼓作氣把他拿下，卻不知扎伊是在暗暗保存實力，為的是能夠脫身成功。退到了湖邊，扎伊猛然發力，一腳踢中李龍三的小腿，側勾拳擊中了陶大偉的右臉，然後縱身往後面的湖水裏跳去，留給林東一個森然的笑臉。

撲通！

扎伊落入水中，只濺起一點點的水花。

「那傢伙居然跳水了，林東，還追不追？」李龍三揉著腿問道。

林東搖了搖頭，「他落進水裏連水花都沒濺起，可見那野人的水性極好，水裏可不比岸上，咱們不能冒這個險。」

陶大偉較為冷靜，緩緩說道：「就那麼讓他跑了，你不害怕他找你尋仇？明槍易躲暗箭難防啊！」

暴雨已將三人的全身上下淋得濕透，林東抹了一把臉，笑著說道：「不管怎麼樣，萬源已經被捉了，目的已經達到了。那個野人空有一身蠻力，卻沒什麼腦子，沒有萬源指揮他，我想應該不難對付。」

「那就回去吧。」陶大偉說道。

三人轉身往回走，湖畔的泥土十分鬆軟，被大雨一淋，一腳下去就是一個深坑。直到他們往回走的時候，李龍三帶來的那幫人才趕到。李龍三一揮手，說道：「跑了，大夥兒都回去吧。」

經過這一戰，林東三人都覺得非常的疲憊，三人身上多多少少都帶了傷，尤其是李龍三，臉上腫起了老高。

「李哥，這下你得縮家裏半月不能出門。」陶大偉哈哈笑道，開起了玩笑。

李龍三嘿笑道：「兄弟，咱哥倆還真算得上有難同當，摸摸你自個兒的右臉吧。」

陶大偉一摸，右臉鼓起了老高，看來也腫了，忍不住罵道：「狗日的野人，這讓我怎麼上班啊！」

林東拍了拍陶大偉的肩膀，「大偉，萬源抓住了，你算是立了大功了，跟領導請個假，想去哪裏，我出錢讓你去旅遊。」

陶大偉喜滋滋的笑了笑，抓住萬源是大功，局裏的嘉獎肯定會少不了的。瞧見李龍三帶來的人有人身上掛了彩，林東便對李龍三說道：「三哥，你兄弟的醫藥費我來承擔，另外，我打算給他們每人一點錢，你看多少合適？」

李龍三捂著腮幫子，瞪眼看著林東，有些不高興了，「林東，你要是這麼說的話，咱們這朋友可就沒法做下去了。我的兄弟就是你的兄弟，為兄弟兩肋插刀，收點小傷算什麼？」

「你明白我的意思的，我就是想為他們做點什麼，畢竟是為了我的事而受傷的嘛。」林東笑著說道。

李龍三笑道：「這個簡單，改明兒你回蘇城在鴻雁樓弄兩桌酒席，陪兄弟們一醉方休。」

見李龍三這樣，林東也不好再說什麼，道上的人把面子看得比命還重，千萬不能讓他覺得沒面子。

說笑間便回到了擒獲萬源的地方，萬源已經被拷起來了，手銬自然是陶大偉帶來的幾個警員拿出來的。

「李哥，今天是你擒獲的萬源，按照局裏的規定，你可以去領五萬塊獎金。」陶大偉道。

「我又不是為了獎金而去抓人的，不要了。」李龍三擺擺手。

陶大偉笑道：「那我不能白白貪了你的功勞。」

李龍三皺眉說道：「如果你真的想答謝我的話，那就改日請我喝酒吧。」

陶大偉握住李龍三的手，「改日等咱倆都能出來見人的時候，我一定請你喝酒。」

穿過抵雲灘別墅後面的那片竹林，所有人又回到了停車的地方。萬源戴著手銬，耷拉著腦袋，整個人沒有一點的精氣神。陶大偉把他塞進了車裏，轉身便對林東說道：「林東，我帶這傢伙回局子裏，晚上就不過去吃飯了。」

林東把他拉到一旁，說道：「大偉，人是在金河谷的別墅裏抓到的，能定金河谷的罪嗎？」

陶大偉想了想說道：「這不一定，但金河谷免不了要惹上一點麻煩，如果能從萬源身上挖到些什麼，金河谷的麻煩就不小了。」

林東道：「我之所以在抓他之前說是金河谷和我結盟了，為的就是離間萬源和金河谷。如果萬源上當了，那肯定會把金河谷咬出來。」

陶大偉咧嘴一笑：「我知道了，今晚連夜審他，不給他想明白的時間。」

林東在陶大偉的胳膊上拍了兩下：「大偉，辛苦你了。」

「咱們是兄弟，說這話幹嘛。」陶大偉笑了笑，上了車先走了。

林東和李龍三等人隨後也都上了車，回到溪州市的酒店，眾人狂飲了一番。李龍三和林東鬥酒，起初還能鬥個平手，到後來就不行了，然後就發動他手下的兄弟和林東玩車輪戰。這幫人都是喝起酒來不要命的傢伙，一個比一個兇悍，林東瞧情況不妙，借上洗手間的機會給高倩發了一條簡訊，要她火速趕來。

回到飯桌上，還沒喝多久，高倩就趕到了。這些人一見了她，一個個都不敢放肆，紛紛過來打招呼。高倩朝桌上看了一眼，滿桌子都是酒瓶，秀眉微微蹙了蹙，沒給他們好臉色，拉著林東就走了。

回到家裏，高倩就打發林東去洗澡，等林東洗了澡出來，才向他盤問。

「今天到底怎麼回事？李龍三怎麼帶了那麼多人過來找你喝酒？」

林東笑了笑：「不是他來找我的，是我找他的。」

高倩愣了一下，有些不明白：「你找他做什麼？」

「抓人！」林東笑著答道。

高倩心口一緊，害怕林東做了什麼犯法的事情。「說清楚了，你可不能胡來啊。」她知道李龍三那幫人是什麼德行，沒一個是安分的主兒，惹起事來一個比一個厲害。

林東躺在沙發上，頭枕在高倩柔軟的大腿上。「你娛樂公司的前一任老總知道是誰吧？」

高倩當然知道。「他？他不是逃到國外去了嗎？」

「回來了。不過今晚又被抓了，現在已經在局子裏了。」林東瞇著眼睛，臉上掛著輕鬆的笑容。

「抓他一個人，你需要讓李龍三帶那麼多人來嗎？」高倩隱隱覺得事情不像林東說的那麼簡單。

林東答道：「不止他一個，還有一個野人，只聽萬源的話，很厲害。李龍三那樣的，十個也打不過他。」

高倩忍不住驚呼出來：「天吶！十個李龍三也打不過他？那得是多麼厲害的人啊，還算是人嗎？」

林東嘆道：「可惜讓他逃了。」

聽了這話，高倩的心往下一沉，忍不住為林東擔憂起來。「逃了？他會不會來尋仇？」

想起萬源對扎伊說的那串誰也聽不懂的鳥語，林東就隱隱有些擔心，但為了不讓高倩擔心，他只能說些安慰的話：「倩，你別擔心了，我不會有事的。」

高倩自幼生長在那樣的家庭，有些事她比林東看得還要透徹，說道：「你千萬不要掉以輕心，你說的那個野人必須盡快抓到他，否則咱們的日子就不會平靜。」

林東太過疲憊，眼皮似有千斤重，躺在高倩的腿上，軟軟的十分舒服，睡意上湧，高倩還在說話的時候，他就已經迷迷糊糊的快進入夢鄉了。高倩低頭一看，見他已經快要睡著，忙在他胳膊上捏了一把：「快起來，回房裏睡去。」

林東睜開眼，迷迷糊糊的上了樓，摟著高倩很快就進入了夢鄉。

萬源被帶進局子裏之後，他仔細回想了一下今晚事情發生的全過程，最可疑的一點就是他從頭至尾都沒看到金河谷，而在他剛開始逃跑的時候，分明聽到了林東喊金河谷的名字。

他拿不準是不是上了林東的當，心裏有了打算，暫時不把金河谷咬出來。

他仍未斷了出去的希望，而此時能救他的只有金河谷一人，不管金河谷有沒有出賣他，反正金河谷為他提供住所，並且為他辦假身分這些事情都屬實，萬源打算以此來要挾金河谷，要金河谷利用金家的關係救他出去，所以雖然經受了一夜不間斷的審問，萬源始終都沒開口。

金河谷是第二天上午才知道萬源被警察抓了的消息的，因為警察找上了門。萬源是通緝的要犯，既然是在他的別墅裏被抓的，金河谷無論如何也要去一趟警局把事情交代清楚。

遇到這種事情，金河谷雖然內心已經慌了，但卻不怎麼害怕，在去警局之前就給律師打了電話，他們金家御用的律師就是玉龍律師事務所的吳玉龍，這個蘇城乃至江省都非常有名的大律師。

吳玉龍在電話裏囑托金河谷什麼都不要說，一切等他到了再伺機決定。金河谷採用了吳玉龍的建議，到了警局之後，表現出的態度十分的不配合，一口咬定不知道萬源為什麼會在他的別墅裏。

吳玉龍從蘇城趕到之後，耍了幾句嘴皮子就把金河谷從警局裏帶了出來。吳玉龍跟他回了家，一路上金河谷的臉色都十分難看，他不知道為什麼萬源會被捉，這麼一來，他策劃已久的計劃就不可能再進行下去。

到了金河谷家裏，偌大的豪宅只有他一個人住。

吳玉龍坐在金河谷的對面，含笑看著金河谷：「金少，你得把實情告訴我。」

金河谷黑著臉，半晌沒有說話。

「萬源和你認識，他住在你的別墅裏，是你安排的吧？」吳玉龍問得更加直接了。

金河谷仰起臉，吐出一口濃濃的煙霧：「吳律師，你這是在審問我嗎？」

吳玉龍立馬擺了擺手：「你是我的當事人，我這麼做全都是為了能讓你脫罪，我必須了解實際情況，這樣我才知道該怎麼做，你明白了嗎？」

金河谷沉默了一會兒，點了點頭：「萬源是我安排住在那兒的。」

吳玉龍心中的猜測得到了證實，笑了笑：「事情說起來還不是太難辦。金少，你請放心。」

金河谷並不害怕自己獲罪，以金家的關係，這點事情還是能擺平的，令他難過的是萬源進去了，他的計劃就無法實施了。

「金少，你在想什麼呢？」吳玉龍永遠都是微笑的表情。

金河谷道：「沒想什麼，吳律師，現在我該怎麼做？」

吳玉龍點燃了一支煙，慢吞吞的說道：「很簡單，不過就是那棟別墅你不能再要了。」

「賣掉？」金河谷有些被搞糊塗了。

吳雲龍搖搖頭：「不是現在賣掉，而是很早以前就賣掉了。」

金河谷撓撓頭：「吳律師，我沒聽錯吧？」

吳玉龍點點頭：「你聽得沒錯，我會教你怎麼做的。你找個可靠的人替你頂罪吧，讓他承認那棟房子是他的，並且人也是他安排住進去的。」

金河谷聽明白了，這樣的話，萬源住在他的別墅裏這事情自然就跟他沒有任何關係了，微微笑道：「吳律師，我明白該怎麼做了。」

吳玉龍嘿嘿笑了笑，露出一口被煙熏黃了的黃牙：「我是你的律師，為你們金家服務了很多年了，金少，你如果信任我的話，就請把事情的原委細細說給我聽聽吧。提醒一句，這對我很重要，對你更加重要！」

金家這麼多年法律方面的事情的確都是由吳玉龍在負責。這麼多年來，吳玉龍幫金家打贏了很多官司，當然，他也從金家拿到了豐厚的回報。

金河谷現在已經完全信任了吳玉龍，就把他接觸萬源的經過全部說了出來。聽完金河谷的陳述，吳玉龍才發現這個事情不是那麼好辦的，最關鍵的人物是在局子裏的萬源。

「吳叔，怎麼了？」

金河谷見吳玉龍眉頭緊鎖，忍不住問道。

吳玉龍道：「金少，現在萬源的態度對你很重要，如果萬源一口咬定是你安排他住在抵雲灘別墅，並把你們之間的計劃說出來，那麼你將會有很大的麻煩。」

「那怎麼辦？」金河谷嚇了一跳，腦門都出汗了。

吳玉龍笑道：「別緊張，據我猜測，萬源暫時還不會把你說出來。金少，你想想，他現在進去了，唯一可能救他的就只有你了，他會死死抓住你這根稻草，他會要挾你，讓你想辦法撈他出來。」

「撈他出來？」金河谷倒吸一口涼氣：「他身上背著的可是人命官司，我怎麼撈他出來？」

吳玉龍吸了口煙，依舊慢吞吞的說道：「條件是可以談判的嘛，撈他出來是不大可能的了，但是替他逃過死罪這就比較可行了。現在最主要的是要穩住萬源，想辦法讓人遞消息給他，讓他知道你不會拋下他不管的。」

金河谷點點頭，笑道：「這個簡單，我待會就安排人給他遞消息。」

吳玉龍道：「金少，剛才我跟你說的兩點你一定要辦好了，我先回去了，有情況立馬聯繫我。」

「吳叔，我送你。」

金河谷把吳玉龍送到門外，轉身回來就給祖相庭打了個電話，告訴他萬源的假身分不需要辦了。祖相庭得知萬源落了網，心中大駭，他為了替萬源辦新的身分已經聯絡了一幫子人，金河谷忽然又說不辦了，氣得他差點罵人，不過不辦了最好，省得落下把柄給對手。

「叔叔，萬源手裏攥著我的小辮子，這事情還需要你幫忙。」金河谷腆著臉皮說道。

祖相庭道：「河谷，他可是殺人犯，鐵證如山，你難道還指望我替他脫罪不成？你叔叔就算是公安部的部長也沒那本事，趁早死了這條心。」

金河谷笑道：「叔叔，我又不是傻子，當然知道萬源逃脫不了殺人的罪名，我就是希望他不被判死刑，這對你而言不算是難事吧？」

電話那頭沉默了一會兒，祖相庭考慮了一會兒，歎了口氣，「算我欠你的，我保證他不會被判死刑。」

金河谷大喜，謝過了祖相庭，掛了電話就給溪州市公安系統內的好友打了電話，讓他把消息傳給萬源。辦好了第一件事，金河谷就開始考慮起了人選，到底誰能把抵雲灘的那棟房子接過去呢？

他坐在沙發上想了好久，才想到金氏玉石行總店的老牛。老牛已經有半年沒去上班了。原因是得了白血病，還不到四十歲，上有老下有小，一家人全靠他養活，原本靠在玉石行的工作還勉強夠養活一家人，但自從體檢被查出來有了白血病之後，他就被辭退了。一家人的生活頓時就陷入了困境之中。

老牛生病之後曾找過他，原本是想金河谷能給他些幫助，希望他工作了多年的玉石行能為他分擔一些醫藥費。但金河谷只給他多發了三個月的工資，然後就把他辭退了。

他上段時間無意中聽到底下的員工討論過老牛生活的狀況，知道他們一家現在生活的狀況十分淒慘。如果他此時去找老牛，讓老牛把別墅接手過去，並許諾給老牛一筆錢，他想老牛一定會感激他的。

金河谷摸出手機，給玉石行總店老牛曾經的頂頭上司蔡軍打了個電話。

「老蔡，是我。」

蔡軍接到金河谷的電話，誠惶誠恐，連忙說道：「金總，您請吩咐。」

金河谷說道：「老蔡，老牛家住那兒你知道嗎？」

蔡軍不知金河谷哪根筋搭錯了，居然關心起老牛來了，嘴上卻說道：「金總，老牛家以前是住在彩雲新村，不過老牛生病不久他們就把房子賣了，現在住在哪兒我也不太清楚。」

金河谷的聲音忽然變得嚴厲起來，「老蔡，限你一刻鐘之內給我打聽清楚，否則你就捲舖蓋滾蛋！」

蔡軍是金氏玉石行的老人了，為金家工作了快三十年，金河谷仍是不顧老員工的感受，想罵就罵，這讓老蔡心裏十分不舒服。恨不得在電話裏把金河谷給罵一頓，但他不敢，金河谷的囂張跋扈與蠻不講理已經不是一天兩天了。

掛了電話，老蔡就去找曾經和老牛十分要好的員工，一番打聽，才知道老牛一家老小現在都住在南街天橋附近的一個棚戶區內。蔡軍不敢耽擱，有了消息之後立馬給金河谷回了電話，告訴他老牛住在南街天橋附近那一片的城中村，住的地方離城中村入口處很近，不到五十米。

第四章

代罪羔羊

老牛知道自己活下來的機會渺茫，但實在不想就那麼走了，為了給他治病，程思霞賣掉了房子，而賣房的錢已經花光了，還欠下了一屁股的債，如果能有機會在死之前為他們做點什麼，那就死而無憾了。

「你到底要我做什麼？只要不是殺人放火，我都答應你。」老牛說道。

金可谷笑了笑，「沒那麼嚴重，只要你接受我送給你的一套別墅。」

金河谷立即出了門，兩個小時之後他的車就開到了城中村的門口，往前面看了看，他的車如果開進去肯定沒法掉頭，於是便把車停在了外面，徒步進了城中村。狹窄的道路兩旁密密麻麻全是老舊的危房，到處都瀰漫著腐臭的味道。

金河谷往地上一看，污水橫流，垃圾遍地，爛掉的菜葉子到處都是，他幾乎找不到一塊可以落腳的好地方。他捏著鼻子找了半天也沒找到老牛的家，瞧見有個男人拎著菜籃子走了過來，忙過去打聽。

「喂，老牛你認識嗎？」

那人頭上戴著遮陽的草帽，仰起頭，金河谷才看清這人的臉，正是他要找的老牛。

「金總，你怎麼來了？」老牛一臉的驚詫。

金河谷好不容易才認出了他，一年不見，老牛瘦了何止一圈，原本胖胖的一個人，現在已經瘦得只剩皮包骨了，「老牛，我來找你哩。」

老牛顯得有些局促不安，「那就去我家裏吧。」

金河谷跟著老牛朝他家走去，走進去一看，一間不到四五平米的小屋裏擺放了三張床，加上煤氣爐灶這些東西，屋裏幾乎沒有轉身的地方了。

老牛進了屋就把草帽從頭上拿了下來，金河谷發現他原本濃密厚實的頭髮已經掉光了。

「化療，所以都掉光了。」老牛微微笑道。

金河谷環顧了一下四周，他很難想像人怎麼可能在這種地方住下去，忍不住問道：「為什麼不找個好點的地方？」

老牛沒說話，把菜籃子裏的一把芹菜拿了出來。金河谷話一出口就後悔了，這個問題是那麼的多餘，如果有條件，誰願意住豬窩一樣的地方呢？

裏面那張床上傳來了一個病態且蒼老的聲音，「兒啊，家裏來客人了啊？」

老牛說道：「媽，你躺著吧，是我以前的同事。」

金河谷問道：「老太太怎麼了？」

老牛歎道：「眼瞎了，哭瞎的。」

自從得知兒子得了白血病之後，老太太就整日以淚洗面，眼睛本來就不好，不到兩月就徹底瞎了。

金河谷實在是受不了這地方了，剛想要出去，就見一輛自行車停在了門口，很快，老牛的老婆程思霞拎著一個布袋子走了進來。一見金河谷在屋裏，臉色立馬就變了，冷冷道：「你怎麼來了？」程思霞知道金河谷曾經是怎麼對待老牛的，心裏十分氣憤，這火氣一直沒消。

金河谷笑道：「嫂子回來了啊，我找老牛有點事。」

老牛戴上了草帽：「金總，我們外面說吧。」

金河谷和老牛來到了門外，老牛就問道：「說吧，你找我啥事？」

金河谷歎道：「老牛，沒想到你家日子過得那麼艱難，以前我做得不對。」道了歉之後，金河谷從口袋裏掏出一張銀行卡，塞到老牛的手裏，「這裏面有五十萬塊錢，你拿去先應應急。」

老牛眉頭一皺，在金氏玉石行做了十幾年，他很瞭解金河谷，知道他絕不是個有善心的主兒，連忙把卡退了回去，「金總，你的好意我心領了，這錢我不能收。」

這時，老牛的兩個孩子上學回來了，這兩孩子大的十五歲，小的十三歲，但看上去個子卻要比同齡人矮一截。身上穿的衣服都打著補丁，鞋子的前面都破了個洞。這讓金河谷想到了電視上非洲的孩子。

「爸爸，今天買了什麼菜啊？」

年幼的小女孩問道，她的頭髮枯黃，一看就是營養不良。

「芹菜。」老牛答道。

小女孩嘴一撇，眼淚就要流了下來，「我都好久沒吃過肉了。」

程思霞走到門口，對兩個孩子說道：「今天有肉，媽從廠裏食堂偷偷帶回來的，快進來吃吧。」

兩個孩子聽了這話，高興的跳了起來，爭著搶著進了屋。

老牛對著屋裏說道：「思霞，給媽留點。」

過了一會兒，金河谷開口問道：「老牛，你的病治療得怎麼樣了？」

老牛搖搖頭，「我這病，如果有錢還能撐一兩年，沒錢的話，估計還能活半年吧。」

金河谷道：「今天我正是為這事來的，我這是給你送活路來了。」

「別繞彎子，有什麼就直說吧。」老牛冷冷道。

金河谷先把條件說了出來，「老牛，只要你替我做件事，我會先給你五十萬，事成之後再給你兩百萬，有了這筆錢，你的老婆孩子就不會跟著你受罪了，而你自己說不定也能活下來。」

老牛知道自己活下來的機會渺茫，但實在不想就那麼走了，為了給他治病，程思霞賣掉了房子，而賣房的錢已經花光了，還欠下了一屁股的債，如果能有機會在死之前為他們做點什麼，那就死而無憾了。

「你到底要我做什麼？只要不是殺人放火，我都答應你。」老牛說道。

金河谷笑了笑，「沒那麼嚴重，只要你接受我送給你的一套別墅。」

老牛一臉的難以置信，「我沒聽錯吧？金總，不會是你也生病了吧？」

金河谷道：「你先聽我把話說完！」

老牛點了點頭，金河谷把要老牛做的事情仔細說了一遍，老牛明白了，這傢伙是要他頂罪呢。

「反正我都是將死之人了，就這麼說定了，不過我有點要求。」

跟金河谷這種人，老牛覺得沒必要客氣，應該趁機好好敲他一回。

「你說。」金河谷點上一支煙，靜待老牛抬價。

老牛想了想說道：「我老牛一輩子只做好事，從未作惡，如今要替你頂包，毀了我一生的名節，所以你也別怪我獅子大開口。在你剛才開出的條件基礎上，我要求增加五百萬。還有，替我老婆安排一份好工作，替我兩個孩子找一所好學校。」

「你真敢開口啊，你知不知道七百萬夠買多少條人命的了。」金河谷狠狠的瞪著老牛，沒想到老牛居然那麼貪婪。

老牛笑了笑，如果金河谷不是走投無路了，斷然不會來找他的，說道：「金總，我要的條件不會變，如果你覺得不合適，那麼就去找別人吧。」

金河谷乾笑了幾聲，老牛已經把他的心理拿捏得死死的，這場談判他根本就沒有發言權，只得點頭答應，「老牛，咱醜話說在前頭，如果你沒按照我說的做，哼，我不在乎多花二十萬買你一家老小的人命！」

「金總的心有多狠我領教過，放心吧，我老牛是一諾千金之人。」老牛皮笑肉不笑的說道，「只是有一點我不明白，那房子現在的房主還是你，怎麼才能矇騙過員警呢？」

金河谷笑道：「這你就放心吧，對金家而言，你說的問題根本就算不上事。」

「好了，我沒問題了，家裏太簡陋，我就不請你進去了。」老牛說道。

金河谷盯著他，「記住！那房子是我賭博輸給你的，手續是在兩年之前就已經辦好的。」

老牛道：「我既然有那麼好的宅子，為什麼還要一家人擠在這窩棚裏呢？金總，貌似這說不過去啊。」

金河谷沉吟了一會兒，說道：「回去收拾一下，準備搬到新房子裏住吧。至於你為什麼會把房子借給萬源，那是因為你們倆是朋友。你不用擔心萬源的回答會跟你不同。」

的。」

老牛笑道：「我記住了，我會一口咬定房子是我的，是我借給老朋友萬源住

金河谷在這兒一刻也待不下去了，說完就大步流星的走了。

老牛背著兩手走進了屋裏，笑著問道：「思霞，家裏還有多少錢？」

程思霞正在做飯，回頭看了他一眼，「你問這個幹嗎，只剩下幾百塊了。」

老牛摸了摸兒子女兒的臉，「別做飯了，趕緊去買些好菜回來做給孩子們

吃。」

程思霞冷笑了笑，「老牛，你腦袋沒發熱吧？」

老牛把手一伸，「那你拿點錢給我，我自個兒去買。你要是嫌麻煩不想做，咱

就去館子裏吃。」

程思霞覺得老牛的行為很反常，走過來看了看，「姓金的來跟你說什麼了？」

「你別多問，反正不是壞事，趕緊的，吃完飯咱們還得收拾東西搬家呢。」老

牛拿出一家之主的威嚴，挺起胸膛說道。

程思霞只覺一頭霧水，根本摸不著頭腦，把老牛拉到外面，低聲問道：「你

說，姓金的到底給你灌了什麼迷魂湯？」

老牛也不打算瞞著老婆，便將金河谷要他做的事情說了出來，「思霞，反正我也是將要死的人了，死之前能為你和孩子做點什麼，那我死也死得無憾了。」

「老牛……」

程思霞泣不成聲，抱住男人痛哭起來。

金河谷忙了一天，將吳玉龍交代他的兩點辦好，心裏還是有些擔憂，於是就給吳玉龍打了個電話，將他今天所做的安排講了一遍，問吳玉龍是否有做得不好的地方，或者有沒有什麼遺漏之處。

吳玉龍仔細聽了聽，覺得沒什麼大礙，便告訴金河谷，要他放心，讓金河谷一有情況就通知他。

金河谷在向他交代與萬源勾結的過程時，重點提到了一個人，這人吳玉龍是認識的，只不過已經有些日子沒見了。

掛斷了金河谷的電話，吳玉龍的嘴角不禁泛起一絲微笑，「林東這小子還真是厲害，竟然把金少逼得如此狼狽。」他不禁想起當初林東第一次去他的律師樓的情景，穿著地攤上買來的廉價衣褲，當時還真不知道恩師是如何看上這小子的，硬是要把一套房送給他，如今想來，還是恩師的眼光獨到。

雖然跟林東算得上有些交情，吳玉龍卻早看出來林東與他不是一條路上的人，真要是到了真刀真槍較量的時候，他只會站在金河谷的那一邊。入行二十幾年，吳玉龍忘掉了很多事情，他忘掉了曾經深愛過的初戀，也忘掉了曾經傷害過他的系主任，唯一記得當初入律師行帶他的老師說過的一句話：這一行，沒有善惡，只有強弱。任何一場官司，只要他接了，那就一定要贏！

秘書胡嬌嬌推門走了進來，夏天是屬於女人的季節。準確的說是屬於漂亮女人的季節，胡嬌嬌顯然很會利用這個季節的特點來展示自己的魅力。她進了吳玉龍的辦公室，隨手關上了門，並把一塊長方形的牌子掛在了門外面的把手上，牌子是印著「領導外出請勿來訪」一行字。

「唉，嬌嬌，你怎麼把門關上了？」吳玉龍拔出嘴裏的煙，問道。

胡嬌嬌扭動著性感的小蠻腰走了過來，把手中的文件輕輕放在吳玉龍的辦公桌上，嗲聲嗲氣的說道：「吳總，今天好熱哦，你看看，我這胸口都出汗了。」她稍稍點起腳尖就坐在了吳玉龍的辦公桌上，紫色的窄裙緊緊的裹在挺翹的臀部上，短裙外露出兩條雪白圓潤的大腿，一俯身，那飽滿的胸脯就顯得更加豐盈了。

吳玉龍一時火氣，咽了口吐沫，只覺口乾舌燥，手已經攀上了胡嬌嬌的大腿，溫柔的輕撫著。胡嬌嬌很是配合，在吳玉龍撫摸了不久之後，便細細的呻吟起來。

「嬌嬌，你真是個狐媚子。告訴我，有沒有男人能經受得住你的誘惑？」吳玉龍邪笑著問道。

胡嬌嬌嬌喘吁吁，「吳總，你這話是什麼意思？人家除了你之外，哪還對別的男人獻過媚！」

這句話就如同一個妓女對嫖客說你真棒一樣。吳玉龍當然不會相信，他與胡嬌嬌之間只有利益之間的交換，各取所需而已。

「嬌嬌，我問你一個人，你可要老實告訴我。」吳玉龍微笑著看著她說道。

胡嬌嬌覺得有些奇怪，往常若是這麼挑逗這個老色鬼，他應該早就急吼吼的把她按在辦公桌上了，今天這是怎麼了？

「吳總，那你說吧，你要打聽誰？」

吳玉龍道：「還記得那個人嗎？」

「誰啊？」胡嬌嬌只覺雲山霧罩的，不知吳玉龍的所指。

「林——東！」吳玉龍拖長了聲音說道。

「林東？」

胡嬌嬌不禁沉吟了一下，這個名字對她而言似乎已經是遙遠的回憶了，不過一旦被人提起，卻發現那段記憶早已紮根在內心裏。

吳玉龍笑道：「嬌嬌，怎麼，你記不起這個人了？」

胡嬌嬌搖頭笑道：「我還沒到老年癡呆的時候，吳總，好端端的你提這個人幹嗎？他就是塊木頭。」

吳玉龍的臉色忽然變得沉重起來，「那就是說，他抗拒了你的美色誘惑了，是嗎？」

胡嬌嬌伸出玉指，在吳玉龍的臉上摸了摸，「冤家，這時候你提他做什麼？再說不管有沒有什麼，那都是以前的事了，不是嗎？我還記得，那時候可是你讓我接近他的。」

吳玉龍笑了笑，他倒是忘了這事，當時他和林東就他所投資的股票進行過討論，起初對林東的判斷不屑一顧，沒想到林東的所言卻一一應驗，也因此才對林東有了新的認識。

「這個年輕人，不但有過人的能力，更令人畏懼的是那份可怕的定力，不好對付啊！」吳玉龍皺著眉頭，心裏暗暗說道，習慣性的從桌上的煙盒裏摸出了一根煙。

這舉動顯然讓胡嬌嬌有些惱火，難道自己的魅力真的有那麼差嗎？她伸手一把從吳玉龍手裏把煙奪了過來，鼓著粉腮說道：「吳總，怎麼回事嗎？難道你也要學那個木頭人嗎？」

吳玉龍回過神來，意識到自己方才失態了，這還沒交上手，怎麼就憂心忡忡的了，這不是長他人志氣了嘛。他嘿嘿笑了兩聲，鬆了鬆襯衫上的領帶，從座椅上站了起來，分開胡嬌嬌的雙腿，就勢壓了下去，不一會兒，寬大的辦公桌就開始抖動起來，桌子上的文件散落一地，室內滿是淫靡之音，只不過這聲音並未持續多久，不到五分鐘就在一聲低吼之後戛然而止了。

胡嬌嬌欲求不滿，眼神幽怨的朝吳玉龍看了一眼。而肉搏之後的吳玉龍，瞇著眼睛躺在老闆椅上，顯得非常疲憊，上了年紀的他，已漸漸滿足不了胡嬌嬌青春富有活力的肉體了。

胡嬌嬌稍作清理，穿好了衣服，在吳玉龍汗涔涔的腦袋上親了一口，嗲聲嗲氣的說道：「親愛的老帥哥，你真棒！」

吳玉龍依舊是瞇著眼睛，只是微微笑了笑。胡嬌嬌把地上散落的文件撿起來放好，這才從他的辦公室裏出來。吳玉龍點上一支煙，已經有很久沒見過林東了，他在想是不是該與他接觸一下，畢竟知己知彼才能百戰百勝。

萬源落網，林東總算是了卻了一樁心事，當晚睡得無比香甜，這一覺居然睡到了下午四點多鐘。醒來之後覺得渾身痠痛，昨晚在與扎伊的較量之中，他完全處於超水準的發揮，看來是傷到了肌肉。

林東從床上爬了起來，肚子裏空空如也，什麼也不想，先下樓去廚房找了些吃的填飽肚子。可惜他與高倩都不是經常在家吃飯的人，好不容易找到了一包泡麵，如獲至寶般欣喜若狂。他已經好久沒有感受過餓肚子的感覺了，這種饑餓感熟悉又陌生，讓他想起了以前艱辛的日子，更加明白如今所擁有的來之不易。

煮好了麵，林東狼吞虎嚥，很快就把一碗麵消滅了，因為太餓，一碗麵吃完，他仍覺得肚裏空空，正打算出去找家飯店好好吃一頓，恰在這時，兜裏的手機響了起來。

林東一看是陶大偉打來的，接通後笑道：「陶大警官，怎麼，是升職了還是加薪了？」他以為陶大偉打電話過來是報喜來的，畢竟陶大偉抓到了通緝在逃的殺人犯萬源。

「唉……」

陶大偉長長的歎了口氣，久久沒有說話。林東感覺到陶大偉的情緒不大對勁，忙問道：「出什麼事了，大偉？」

電話那頭沉默了好一會兒，陶大偉才開口說道：「還記得嗎，你還欠我一頓飯呢，今晚有時間嗎？」

林東笑道：「你不會就因為這個而唉聲歎氣吧，正好我還餓著呢，咱們現在就去吃飯，地點你挑，怎麼樣？」

陶大偉酷愛吃火鍋，便說道：「火鍋城，咱們去過的那家，我先過去等你。」

說完，陶大偉就按掉了電話。

「這傢伙是怎麼了？」

林東蹙了蹙眉頭，也沒想太多，反正待會就要見面了，到時候再問也不遲。上樓換了一身衣服，走到門口的時候想起來前陣子胡國權給他送來了兩瓶好酒，他一直放在家裏沒拿出來喝，於是就回去找了出來，放進車裏帶過去和陶大偉分享。

火鍋城離林東家不遠不近，他開車二十來分鐘就到了，一下車，看到門口停車場有一輛破舊的桑塔納，林東就知道陶大偉已經到了。他拎著兩瓶酒下了車，走進火鍋城，一進門就看到了陶大偉。此時，陶大偉的面前已經擺著兩個空了的啤酒瓶。

林東走到近前，「大偉，怎麼還沒等我來就喝起來了？」

陶大偉指了指對面的座位，「你來得正好，快坐下，一個人喝酒太悶，陪我喝幾杯。」

林東把兩旁茅台特供放到桌上，「收起你的啤酒吧，喝這個怎麼樣？」

陶大偉瞧見這兩瓶好酒，臉上總算是冒出了一絲笑意，不過這笑容卻帶著苦味，「還是你們當老闆的好啊，喝的是好酒，開的是豪車，住的是豪宅。」

林東坐了下來，開了瓶茅台，邊給陶大偉倒酒邊說道：「兄弟，你今兒個是怎麼了？發牢騷可不是你的風格啊。」

陶大偉抬頭自嘲似的笑了笑，「以前不發牢騷，那是因為未到憋屈處！」

中間的火鍋冒著熱氣，陶大偉怔怔的出神，看著火鍋裏冒出的熱氣，目光卻沒有對焦的地方，獨自出神。

林東有些不解，按理說陶大偉剛立了功，正該是意氣風發的時候，怎麼一副消沉頹廢的模樣呢？

「大偉，你把話說清楚些，怎麼憋屈了？」林東追問道。

陶大偉端起酒杯，二兩的杯子，他一口乾了下去，喝得太猛，被嗆的咳了好一會兒，再抬起頭，眼睛都紅了。他這副模樣，林東還是第一次看到。

「林東，我不想幹了。」

過了許久，陶大偉終於開口說話了。

林東訝聲說道：「不想幹了？兄弟，為什麼啊？」

陶大偉抹了一把臉，努力使自己的情緒平靜下來，卻怎麼也做不到，有些事情，他怎麼也想不明白，「林東，你告訴我，為什麼現在的社會有功者反受打擊，庸碌無為只會溜鬚拍馬的人卻能平步青雲？」

林東收起了臉上的笑容，「大偉，不只是現在的社會是這樣，古往今來都是如此，正因此，才導致正道堵塞，許多有才有志之士雖有滿腹才華一腔熱血，卻不得重用，鬱鬱而終。而那些宵小之輩，卻能夠順風順水，出盡風頭。」

陶大偉歎道：「看來一直以來都是我太天真了。」

林東問道：「大偉，我是你兄弟，你有事情應該告訴我才對。」

陶大偉抬頭說道：「林東，你托我的事情我可能幫不了你了。局長找過我了，讓我不要再插手萬源的案子，還明確告訴我不准再深挖下去。」

林東恍然明白過來，陶大偉是因他而受牽連的，心中深感愧疚，「大偉，是我連累了你啊。」

陶大偉緩緩說道：「今天早上，局長還誇我幹得好，下午開會，他特意讓我也參加。我原以為他要當眾表揚我，怎麼也沒想到他會在眾人面前把我罵得狗血淋頭。」

林東著實怒了，他想不出陶大偉有什麼做得不對的地方，狠狠一拍桌子，「他有什麼理由罵你？」

陶大偉道：「他的理由很多，說我貪功冒進，知道情況卻不向局裏彙報，這是對領導和同事的不信任。他還說我私自帶著幾名警員抓捕罪犯，沒考慮警員的人身安全。總之，冠冕堂皇的理由一大堆，這兩點是最主要的。」

「欲加之罪，何患無辭！」林東忍不住罵道，「有這種領導，怎麼可能帶好隊伍！」

陶大偉淒然一笑，「就這樣，他放了我一個月的長假，要我好好反省自己的過失。」

林東見兄弟被欺侮，心裏堵著一口氣，發狠說道：「大偉，你乾脆就脫掉那身衣服不幹了，出來自己創業，我給你投資兩千萬，賺了是你的，賠了算我的。」

陶大偉不是沒有考慮過林東的提議，當了員警之後，他這一路一直都順風順水，哪知道第一次受到責罰卻是在他立了大功的時候，這口氣他怎麼也咽不下，這個道理他怎麼也想不通，但一想到若是真的脫了警服，心裏就湧起無限的不捨。

「林東，你說我要是不幹員警了，能做什麼呢？」

「做生意啊！」林東想也未想的答道。

「做什麼生意？」陶大偉追問道。

這倒是把林東難倒了，仔細一想，陶大偉是做生意的料子嗎？冷靜下來一想，這個答案並不難想，以他對陶大偉的瞭解，陶大偉太過正直，在他眼裏黑就是黑白就是白，缺少了商人應該具備的圓滑，這樣的人如果進入商場，那多半是要碰得頭破血流。

陶大偉見林東半天沒有說話，苦笑了笑，「你也覺得我不是做生意的料子是吧？」

林東點了點頭，「兄弟，做生意不適合你，如果你覺得在公安局做得憋屈，那麼我來替你找路子，你想去什麼政府部門告訴我，我一定想辦法把你調過去。」

陶大偉道：「謝了，我知道這對你而言不是什麼難事，讓我考慮考慮吧，我有一個月的時間，足夠我考慮得很清楚了。」

「那就先不說這個了，來，咱們乾一杯！」林東端起酒杯與陶大偉碰了一下，二人都是一仰脖子就乾了。

一瓶酒很快就見了底，陶大偉拿起第二瓶，打開後給自己和林東都滿上。

「說實話，自打進了公安系統之後，我還真是沒有好好休息過，這幾年過年都沒好好陪陪家裏人。這下好了，一個月的時間，我可以計畫帶著爸媽去什麼地方旅遊，讓自己好好放鬆放鬆。」

林東點了點頭，「大偉，凡事都該抱著樂觀的心態，你能那麼想，那我就放心了。」

正喝著，陶大偉的手機響了，他看了看號碼，拿起來問道：「小陳，找我啥事啊？」

小陳是昨晚跟陶大偉一起去抓萬源的三個警員之一。

「陶隊，小安子和阿虎也在我旁邊，我們三個想問問你哪天有時間，想擺個酒席和你道別。」小陳在電話裏說道。

陶大偉笑道：「我的事情你們聽說了啊，道什麼別啊，我又不是不回來了，不就一個月的時間嘛，一眨眼就過去了。」

「陶隊，你理解錯了，是我們跟你道別。我們三個要去別的地方了，以後見面就不容易了。」劉安在電話裏吼道，聲音大得連林東都聽到了。

陶大偉一皺眉，忙問道：「這到底怎麼回事？」

劉安把電話從小陳手裏搶了過來，「陶隊，還不明白嗎，我們三個被發配邊疆了啊！」

陶大偉沉默了片刻，他明白了，因為萬源這件事情，倒楣的不只是他一個人，就連跟他一起去的幾個下屬也受到了牽連。他明白劉安的意思，發配邊疆的意思就是把他們三個下放到下面的鄉鎮派出所去工作，且不說市局比下面鄉鎮派出所的待遇好多少倍，就說前途，他們想再調回來可就難了。

劉安三人的下放跟他有莫大的關係，陶大偉咬著牙，這個高大威武的漢子終究是沒有爆發出來，平靜的說道：「小安子，你們哥仨兒馬上到火鍋城來。」

「好，我們馬上過去。」

掛了電話，陶大偉的臉色顯得更加難看。

林東問道：「兄弟，是昨天跟你一塊去抓萬源的三個警員，也因此受到牽連了吧？」

陶大偉重重點了點頭，心裏十分自責，「都是我不好，是我害了他們啊。」

林東用安慰的口吻說道：「塞翁失馬安知非福，你別一味的自責。」

陶大偉夾了一團牛肉卷放進了嘴裏，低著頭看著沸騰的火鍋，怒火在他體內燃燒，他感覺到自己正如這火鍋一樣就快要沸騰了。

林東陪他一塊沉默。

過不久，就聽一個公鴨嗓子吼道：「老闆，結賬！」

那聲音十分刺耳難聽，林東不禁循聲望去，前面不遠有一桌坐了五六個光著上身的男的，他一眼掃去，沒一個身上不帶紋身的，心知應該不是什麼好人。

火鍋店老闆笑著走了過來，說道：「幾位吃好啦，一共是四百三十九塊，就收你們四百三吧。」

剛才說話的那個男的嘴裏叼著牙籤，陰陽怪氣的說道：「老闆，你的賬算完了，該我算算咱們的賬了。這塊地盤從這月起就是大飛哥的地盤了，你們這個月應該交五千塊保護費，去掉剛才吃掉的四百三，你算算該給我多少吧。」

火鍋店老闆臉色一變，到了夏天，火鍋店的生意處於淡季，一個月的收入還不一定夠各項開支的，帶著怒氣說道：「一個禮拜前剛交了，怎麼又要收錢啊？你們看看，我這兒那麼大的店就幾桌人，哪來的錢給你們。」

「嘿！給臉不要臉是吧？」

叼著牙籤的男的一拍桌子就站了起來，「你的錢是交給咱們大飛哥的嗎？老小子我告訴你，以前罩著你的阿坤殘了，現在這塊地盤歸大飛哥管，你可以去找阿坤把錢要回來，但是大飛哥的錢你卻不能不給，而且現在就得給！」

火鍋店老闆氣得發抖：「還有沒有王法，我今天就是不給，看你能把我怎麼著！」

牙籤男拿起桌上的一個啤酒瓶子，二話不說就朝火鍋店老闆頭上砸去，「啪」

的一聲，啤酒瓶爆裂開來，落了一地的玻璃碴子，火鍋店老闆抱著頭痛吼起來。

「敬酒不吃吃罰酒，我看你還敢不給！」

林東剛想有所行動，陶大偉卻搶在了他的前頭，順手從桌上抄起一個啤酒瓶子，滿身殺氣的朝那邊走去。

「不給又怎樣？」

陶大偉在牙籤男的身後問道，牙籤男嚇得不輕，猛一回頭，看到一個身材高大的男人滿臉怒氣的站在他的身後，但他仗著人多，並未把陶大偉放在眼裏。

「小子，這兒沒你的事，我告訴你，少管閒事，否則惹禍上身可別怪我沒提醒你。」牙籤男指著陶大偉說道。

陶大偉冷笑道：「我今兒就告訴你，從現在起，這地方歸我管了，給你們一次機會，付了飯錢加上醫藥費趕緊滾蛋，否則我要你們一個個腦袋開花！」

牙籤男豈受得了如此挑釁，一揮手，「兄弟們，揍他！」

剩下的五個漢子紛紛抄起酒瓶，陶大偉冷哼一聲，手起瓶落，牙籤男最先遭殃，啤酒瓶在他頭頂爆裂開來，他立時就軟綿綿的倒了下去。那五人見同伴被打，一窩蜂撲了過來，但這些都是普通的混混，豈會是陶大偉的對手，三拳兩腳就被陶大偉給收拾了。

一眨眼的工夫，剛才還十分囂張的六個人就全部倒在了地上，抱著腦袋嗷嗷叫。

若是平時，他頂多亮出證件把這群小混混嚇跑，陶大偉心裏憋屈，活該這幾個小混混倒楣，被他當做了出氣筒。

「爺們，山高路遠，敢不敢留下個萬兒？」牙籤男捂著腦袋上的傷口，滿手都是鮮血。

陶大偉冷冷說道：「想找我報仇，我隨時歡迎，你幾時好了，要找我，麻煩到市公安局找刑偵大隊副隊長陶大偉！」

牙籤男一愣，實在沒想居然遇上了個愛管閒事的條子，看來這仇多半是沒機會報了，朝陶大偉挑了一下大拇哥，一揮手，帶著他的兄弟走了。

火鍋店老闆從地上爬了起來，他真不知對陶大偉說什麼是好。

「兄弟啊，你可把我害慘了啊。」

陶大偉道：「你這話怎麼說的？我明明幫了你，怎麼就把你害慘了呢？」

火鍋店老闆也算厚道人，「其實我該感謝你仗義出手，否則今天他們不打得我半死是不會甘休的。好了，我去處理傷口了，你慢慢用餐吧。你幫了我，今天你吃多少都免費。」

陶大偉回到座位上，二話不說，先乾了一杯。

「爽、痛快！」

林東笑道：「那幾個傢伙真倒楣，遇到你心情不好的時候。」

陶大偉冷哼道：「要他們腦袋開花已經算是開恩了，如果在平時，我非得把他們抓進去關兩天。」

說話間，劉安三人就到了。林東叫來服務員，又添了三副碗筷。

這三人不知道林東也在，坐下之後顯得頗為拘束，本想跟陶大偉倒苦水來著，但因林東在場，他們也只好強顏歡笑。

林東放下筷子，笑道：「三位，你們的事情我都知道了，想說什麼就說出來吧，就像你們陶隊長一樣，剛才還憋得難受呢，過去幹了一架，現在心情好多了。」

三人瞪大眼睛看著陶大偉，「陶隊，你打架啦？」

陶大偉點點頭。「首先聲明，我那可不是無故生事，是那幾個混混先動手打人的，我是出於正義才出手的。當然，也捎帶著發洩一點自己的小情緒。」

那三人連呼可惜，「哎呀老大，你也不等等我們，等我們過來一起打多好，也捎帶著讓我們發洩一下小情緒嘛！」

陶大偉笑道：「少跟著胡扯了。我問你們，是不是老馬找你們了？」

聽了這話，三人都是一低頭，情緒又低落了下來。

許久，小陳開口說道：「我們是什麼身分，老馬怎麼會親自找我們，是老趙找了我們三個，但他肯定是傳達老馬的意思。我們抓了萬源沒有半點功勞，反而因此被戴上了貪功冒進的罪名，直接一腳把我們踢飛。溪州市最北面的三個鄉鎮，以後我們哥三就在那邊待著了，估計老馬退休之前是沒機會調回來了。」

他們口中的老馬是溪州市市公安局局長馬成濤，老趙則是刑偵大隊的大隊長趙陽。

劉安怒容滿面，「陶隊，你說這是為什麼，老子做錯了什麼了！」

陶大偉一聲不吭，自顧自點了一根煙，狠狠的吸了起來。

「來的路上我們三個都說好了，趁現在還年輕，不如趁早跳出去，不在那幫王八蛋的手底下吃飯，天高地闊，咱們何必受那鳥氣。」劉安酒量不行，幾杯啤酒下肚，臉就紅透了，再也憋不住心裏不滿的情緒，恨不得一股腦的全部抒發出來。

小陳說道：「我也是那麼打算的，咱們在老馬手下是沒有出頭之日的，老馬現在剛五十歲，等他退下來，不知道猴年馬月，真熬到那時候，咱們這輩子也就算是完了。陶隊，我們都知道你被勒令休假了，聽說老馬把你臭罵了一頓，你現在什麼想法？」

陶大偉歎道：「我也想跳出去，可我捨不得這身警服。你們幾個腦瓜子活絡，不幹員警了還能幹點別的，而我不行，除了破案抓賊，我什麼都做不好。」

劉安三人有些失望，互相看了看對方，依舊沒放棄遊說陶大偉。

「陶隊，剛才小陳說了，老馬在位一天，咱們一天就沒有機會翻身，與其把大好時光都浪費了，不如趁早出去創一番事業。你別妄自菲薄，你真要是那種什麼都不行的人，隊裏也不會有那麼多人服你，只要你想好了，幹什麼我們哥仨兒還都願意追隨你。」

陶大偉兩手一攤，「兄弟們啊，跟你們實話說了吧，我就是愛抓賊愛破案愛幹員警，除此之外，幹什麼事情我都提不起勁。我知道你們說得對，在老馬手下我肯定是沒什麼發展前景了，即便是他把我安排去派出所，那我也認了，只要不讓我脫下警服就行。你們罵我沒出息也好，罵我死腦筋也罷，反正我是認定了要幹一輩子員警了。」

陶大偉都把話說到這個份上了，劉安三人也無話可說，席間的氣氛一下子降到了冰點。

林東知道在場的四個人之所以被排擠打壓，完全是因為幫他抓萬源的原因，說起來，他該負主要責任，看著劉安三人說道：「哥兒幾個，既然大偉愛幹員警，那就隨他去吧。我問問，你們幾個有什麼打算沒有？」

三人低頭歎了一會兒氣，劉安抬起頭說道：「林總，我們三個的父母都是普通人，幾代親戚裏都沒出過富貴之人，說實話，幹員警一個月至少能拿七八千，夠養家糊口的了，咱們也捨不得啊。但是這回把馬局得罪了，以後不知要怎麼為難我們，與其繼續幹員警荒廢時間，倒不如跳出來另謀出路。只不過事出突然，我們三個還都沒想好接下該做什麼。」

林東問道：「你們既然幹過刑警，那麼偵查能力應該都還算不錯吧？」

這時，陶大偉開口說道：「林東，你不用懷疑，他們三個都是好樣的，正規警校畢業的高材生，專業能力非常突出。如果不是這次的事情受到牽連，在警隊是很有前途的。」

林東笑道：「那就好辦了，三位，如果不嫌棄的話，就暫時先到我的投資公司上班吧。我公司的情報部門正需要你們這樣的人才。如果你們哪天有了更好的出路，到時候也別怕抹不開面子，跟我說一聲就行。」

劉安三人皆是面有喜色，他們正愁辭職後沒事情可做，林東此時給他們一個飯碗，那就等於是雪中送炭啊。

「至於薪資方面，我可以肯定的說，絕對不會比你們在警局掙得少。具體數字，我想到時候你們會有驚喜的。」林東笑著說道。

穆倩紅就在金鼎投資公司上班，陶大偉清楚裏面的普通員工一年能拿多少錢，當場說道：「小安子，既然你們幾個暫時還沒考慮好做什麼，我看就先去林東的公司上班吧。在他那兒做兩月，基本上就比你們在警隊做一年掙得多了，而且沒什麼危險，家裏人也不必再擔驚受怕了。」

劉安三人都顯得非常的激動，三人忙各自斟滿了酒，站了起來，異口同聲的說道：「林總，既然你看得起我們，那我們就恭敬不如從命了。」

林東陪他們喝了一杯，說道：「等你們從警局離職之後，就立馬去蘇城我的公司那邊辦入職手續。蘇城離溪州市那麼近，以後回家也方便得很。」

劉安三人連續敬了林東三杯，不勝酒力的劉安三杯喝完之後就倒了。陶大偉見他的三個下屬都有了好的去處，心裏高興，端起酒杯跟林東又乾了幾杯。吃過飯之後，劉安三人先走了。

陶大偉和林東開車去了湖邊，陶大偉除了打籃球，還有一個愛好，那就是釣魚。二人來到湖邊，租了釣竿買了釣餌就在湖邊垂釣起來。

「林東，我不會向惡勢力低頭，老馬越不讓我查，我越是要查個水落石出！」

陶大偉喝了不少酒，說話時舌頭打結，但頭腦卻是無比清醒。

林東笑道：「兄弟啊，你不用查了，沒什麼可查的，這事明擺著是金河谷在後面使勁了。」

「他？對，我真是被氣昏了頭腦，早該想到是他的。」陶大偉苦笑了笑。

林東吐了口煙霧，「再查下去就要查到他頭上了，金河谷當然不會再讓你查下去了，以他金家的人脈，對付你個小員警，那太簡單了。其實你們局長老馬還算是個愛才的人，否則他幹嘛不像處理劉安他們那樣，把你打發到下面鄉鎮派出所去？」

陶大偉搖搖腦袋，「老馬他沒種！我如果是他，金家勢力再大，我也不會這樣對待有功的下屬。」

林東笑道：「我知道我有些話你是聽不進去的，但我可以告訴你一點，老馬這個人在關鍵時刻說不定是可以合作的，你現在不該跟他對著幹，至少在明面上給他點面子。人的忍耐都是有限度的，你一旦把他惹惱了，即便他再怎麼愛才，也會把你踢得遠遠的。」

陶大偉沉默了一會兒，一根煙吸完，把煙頭丟進了水裏，「林東，你的意思我明白了，現在不是硬來的時候，我該學會採取點計策。放心吧，我知道怎麼做了，明天我就去向他主動承認錯誤去。」

林東含笑點頭，這次挫折應該是給他這個兄弟上了一課，這對陶大偉的成長而言不是壞事。他會明白得更多，為了這世界更白，人有時候得把自己弄黑了才行。

第五章 林夫人的地位

高倩知道，林東是一條龍，目前只是條幼龍，她必須採取手段，不僅要這個男人深愛著她，而且要這個男人覺得愧疚她。

她能如此平靜的面對林東與柳枝兒的事情，不是她有多麼的大度，而是事情已經發生了，這是她能想到最好的處理辦法。

她相信自己那麼做了，以後無論發生什麼，這個男人都會對她不離不棄，也無人可以動搖她林夫人的地位！

二人各自取了車，林東回到家裏，屋裏仍是黑漆漆的一片，高倩還沒有回來。他在客廳裏坐了一會兒，想起昨晚李龍三的一個兄弟被萬源的匕首刺傷了，拿起電話問了問情況。

李龍三已經帶著兄弟回到了蘇城，他告訴林東無須擔心，傷口並不深，而且萬源慌亂之中沒刺中要害，簡單的處理一下就沒事了。在電話裏。李龍三再次提到要林東接管一塊地皮的事情，他告訴林東，眼下西郊的局勢越來越亂了，蠻牛和李家你爭我奪，要不了多久就應該能分出高下了。

林東沒說什麼，繼承高紅軍事業的問題，他暫時還不想考慮。本來他以為這次是擊垮金河谷的大好機會，以為萬源會把金河谷咬出來，但現在看來，他的確是低估了金河谷和萬源這兩個人。金家在江省的勢力實在大得可怕，而萬源的智力也在他意料之上。看來昨晚的計策多半是被萬源識破了。

自從金河谷上次給蕭蓉蓉的酒裏下了迷藥意圖侵犯她，他和林東之間就算是結了死仇。雖然金家的關係強大無比，但林東並不會就此放棄，他要利用萬源這件事情好好做一篇文章。不把金河谷拉下水，也要讓他脫層皮。

「叮咚……叮咚……」

門鈴聲響起，林東朝門口走去，拉開門一看，原來是胡國權來了。

「小林，吃了嗎？」

林東笑道：「在外面吃過回來的，胡大哥，找我有事？」

胡國權道：「沒別的事，陪我散散步去。」

林東見胡國權面帶微笑，似乎心情不錯。笑道：「那就走吧。」他關上了門，和胡國權在社區的水泥路上邊走邊聊。

「還記得上次跟你說的事情嗎？那事定下來了。」胡國權的聲音之中帶著掩飾不住的興奮。這不符合他一貫的穩重作風，顯然心頭有壓抑不住的喜悅。

林東想起胡國權和他說過可能要入常的事情，胡國權剛才說的那事應該就是指的這個，當下抱拳說笑道：「胡大哥，恭喜你高升！」

胡國權謙虛的揮了揮手，「沒什麼可喜的，權力越大，責任也就越大，肩頭的擔子重了。」

胡國權今天非常高興，話也很多，幾乎是他一直在說，把他的理想與治理城市的規劃一一說了出來，林東能感受得到這是個有抱負，願意為老百姓做實事的好官。

在社區裏走了一圈，快回到胡國權家門口的時候，林東問道：「胡大哥，負責公安部門的魯副市長怎麼樣？」

胡國權停下腳步，看著林東問道：「小林，你打聽這個幹嗎？有事情找老魯？」

林東點了點頭，「是啊，去找他之前，我希望能從你這邊瞭解到他這個人的為人。」

胡國權沉吟了一會兒，開口說道：「老魯這個人很厲害，他在公安系統幹了幾十年，可以說現在溪州市整個公安系統內重要崗位上的全部都是他的弟子門生，就拿現任市局局長馬成濤來說吧，那可是老魯當年的四大弟子之一啊，可以那麼說，老魯對全市公安系統的掌控力無人能及。至於他的為人，我和他相處不是很多，還不敢妄下結論。」

並未從胡國權口中得到答案，胡國權不說，那也是本著負責的態度，畢竟他剛到溪州市不久，對溪州市的情況不可能瞭解得太清楚。林東暗暗做了決定，打算找時間去會會魯國平。其實他有更好的辦法，那就是通過蕭蓉蓉的關係讓她的舅舅紀雲出面，以紀雲公安部部長的身分，如果他發話，馬成濤斷然不敢再替金河谷掩飾罪行，這條路無疑是最迅速快捷的，但林東卻不打算採用，畢竟他與紀雲從未見過面，與蕭蓉蓉又是那種見不得光的關係，不好勞煩紀雲出馬。

「如果你想認識他，我倒是可以替你引薦。」胡國權笑道，「老魯平時跟我還算客氣，我想我請他吃頓飯，他應該不會拒絕的。」

林東正愁沒法子和魯國平接觸，聽了胡國權的話，立馬致謝，「胡大哥，你算是幫了我一忙，時間就由你來替我安排吧。」

胡國權笑道：「那好，你回去等我消息吧。我回家去了。」

二人各回各家，林東回到家裏，高倩已經回來了。

「又去和胡市長散步去了吧？」高倩回來的時候見林東的車已經在車庫裏了，就知道他已經回家了。

林東點點頭，「胡大哥入常了，今天特別興奮，拉著我說了好些話。」

高倩笑了笑，「果然是朝中有人好做官，胡大哥這才來多久，這麼快就入常了，說不定過兩年，市長前面的『副』字就拿掉了。」

「希望如此吧，他的官做得越大，對咱們越有好處。」林東笑道。

高倩搖搖頭，「胡大哥那個人你又不是不瞭解，你想走後門？哪能行得通嘛。」

林東道：「倩，這你就誤會我了。我的意思是有他坐鎮，沒人能走得了後門，那就是拚實力了，單純靠拚實力，我可不怕任何人。」

「親愛的，你過來，我有事情要跟你商量。」

高倩坐在沙發上，含笑向他招手。

林東走過去在她身旁坐了下來，見高倩欲言又止的樣子，笑道：「神神秘秘的，跟我還要吞吞吐吐的麼？」

「有兩個事情，你願意先聽哪一個？」高倩問道。

「先說壞消息吧。」林東點頭說道。

高倩搖了搖頭，「沒有壞消息，在我看來，兩個消息都不壞。」

林東撓了撓頭，「那這我怎麼選，你願意先說哪個就先說哪個。」

高倩咬著櫻唇，沉吟了一會兒才開了口，「第一個消息，我爸爸跟我說了，想讓你接手咱們家的生意，他跟我說，很快西郊就是他的了，到時候他要把西郊全部交給你管理。」

聽了這消息，林東並不震驚，畢竟李龍三已經跟他說過兩次了，他還是當初的想法，不大願意插手高家的生意，便說道：「倩，你爸爸還不到五十，身體又那麼好，何必急著讓我接手呢。」

在一起那麼久，高倩知道林東內心真實的想法。

「東，你是不是覺得我爸爸的生意不乾淨？」

林東微微一愣，「我沒有這種想法。」

「你不用哄我，就算你心裏不那麼覺得，其實在潛意識裏，你還是會覺得我家的生意是黑社會的生意，所以你不願意接手。」

高倩說破了林東內心真實的想法，他雖然很尊重高紅軍，但這並不代表他認可高紅軍的做法，就拿西郊這件事來說，他很早就看穿了高紅軍的想法，而在他看來，西郊只是彈丸之地，根本無法威脅到高紅軍在蘇城的地位，為什麼他非得要將西郊也吞併了呢？

思想的不同與看法的差異，才是導致林東不願意接手西郊的真正原因。

「倩，你說說第二件事吧。」

「東，你看著我！」高倩把林東的臉扳了過去，林東笑了笑。

「怎麼了？那麼嚴肅。」

高倩紅著臉說道：「我的那個已經過期半個月沒來了。」

林東點點頭，「你跟我說過了，怎麼了？」

「你是真傻還是裝傻？還不明白嗎？」高倩說著拳頭就落在了林東的身上。

林東一怔，一股巨大的喜悅感從天而降，從心裏狂湧而出，他驚呼道：「倩，你是說我要當爸爸了是嗎？」

高倩見他那麼興奮，含笑點了點頭，「我今天去醫院做了檢查，醫生告訴我，我懷孕了。」

林東把高倩抱了起來轉了一圈，巨大的喜悅感如閃電般擊中了他，讓他一時只能沉浸在這喜悅之中。

「快把我放下，小心傷到寶寶。」

經高倩那麼一提醒，林東才知道自己興奮得過了頭，趕緊把高倩放下，摸著她的肚子，滿臉關切的問道：「倩，沒事吧？」

高倩笑著在他臉上捏了一把，「傻瓜，有沒有必要那麼高興啊。」

「倩，我們結婚吧！」

得知高倩懷孕的消息之後，林東覺得是時候該給她一個名分了。

高倩愣了一下，隨即臉上就浮現出了幸福的表情，「親愛的，我等你這句話已經好久了。」

林東道：「明天我們都別去上班了，一早我們就去辦結婚登記，好不好？」

高倩點點頭，臉上是幸福洋溢的神情。

林東顯得無比的激動，從口袋裏摸出手機，「我得打個電話告訴我爸媽，讓他們趕緊到這邊來一趟，和你爸爸一起商量個良辰吉日，我得為你辦一個無比風光的婚禮。」

「我爸爸還不知道我懷孕的事情呢，你是第一個知道的。親愛的，你給你爸媽打電話，我給我爸爸打電話，讓他們都高興一下。」高倩笑著說道。

林東重重點了點頭，「好，就這麼說定了，讓老人家都高興一下。」

二人各自行動，分別給各自的家裏打了電話。林家二老聽說高倩懷孕的消息，喜不自勝，就連一向沉默寡言的林父都激動得恨不得在村裏跑幾圈，告訴全村的人他就快有孫子了。

「東子，你爸和我說了，說就這兩天我們就過去。」林母擦著喜悅的眼淚說道。

林東道：「媽，你暈車，從家裏到蘇城太遠了，你們不要乘長途汽車了，我讓邱維佳找車送你們過來。」

「好，那你儘快安排。我和你爸恨不得今晚連夜趕過去呢。」

林東掛了電話，高倩也已經打完了電話，轉身對他說道：「親愛的，我爸讓我們明天回家呢。」

林東點點頭，「好啊，是該回去。」一看時間，已經快十點了。「倩，從今以後你可不能晚睡了，時間不早了，趕緊洗漱睡覺吧。」

洗漱完畢，高倩躺在林東的臂彎裏。

「東，我懷孕的這九個月裏，我們就不能行房了，那你怎麼辦？」

林東笑道：「問這個幹嘛，你懷孕那麼辛苦，我當然得陪著你辛苦了。」

「誰還不瞭解你們男人，尤其是你這種精力充沛的，讓你憋那麼久，不等於逼你犯罪麼？」高倩咯咯笑道。

林東覺得高倩的話有些異常，笑問道：「你這是不相信我嘍？」

高倩忽然坐了起來，「你起來，我有個事情要問問你。」

林東坐了起來，見她一臉的嚴肅，心裏忽然有種不祥的預感產生，問道：「什麼事情？」

「柳枝兒是誰？」高倩已經知道了林東與柳枝兒的關係，她之所以那麼問，就是要看看林東會不會對她坦誠。事情發展到這個地步。她既然沒有在得知林東與柳枝兒有關係的第一時間鬧翻天，那麼現在她也不會對林東做什麼，只要林東坦誠待她，她就不會追究，反正誰也動搖不了她正妻的地位。

林東愕然，表情僵在了臉上，過了許久，才歎口氣說道：「倩，你都知道了？」

高倩點點頭，「我要你告訴我，你和她之間到底是怎麼回事？」

林東也沒打算隱瞞，看著高倩的眼睛，緩緩說道：「柳枝兒曾與我有過婚約，我和她自小青梅竹馬。我考上大學的那一年，她的父親把她許配給了我。我不會為了騙你而說謊，我和她之間有著極深的感情。大學畢業之後，我沒能找到好工作，就連養活自己都成問題，於是她父親就提出了悔婚。就這樣，我們被拆散了，她被迫嫁給了一個她不喜歡的人……」

林東說著，不知不覺中眼圈就紅了，到了後來，他更是哽咽了起來。想起柳枝兒曾經受過的罪，他心裏就無比的愧疚，無比的難受。

過了許久，高倩才開口說道：「其實你不知道，早在很久之前我就知道有柳枝兒這個人了，有一次你喝醉了酒，嘴裏就一直喊著她的名字。東，你能如此，我不怪你，可見你是個重情的人。」

「倩，你知道麼，我心裏覺得對不起她，更覺得對不起你。你將你完整的感情賦予了我，而我心裏卻還藏著別的女人。有時候想起來，我會痛恨我自己，但是我真的不能拋下枝兒不管，她受了太多的苦了。」林東真情流露，他自認為所有的事情都能處理的好，商場上爾虞我詐他不怕，有人想殺他他也不怕，唯一讓他感到無助的就是感情問題，他覺得自己就像是幾根繩子交叉的結點，被好幾頭都拴著。

高倩捧著他的臉，「你知道我為什麼今天才問你嗎？」

林東搖了搖頭，此時此刻，他的頭腦裏一片空白，已經失去了思考的能力。

高倩歎道：「傻子，今天是我最開心的日子，我們有了屬於我們的寶貝，明天就要去領證了，我就要成為你名正言順的妻子了，我很開心，從來沒有那麼開心。我就是希望在我們結婚之前，你能坦誠的面對我。」

聽了這話，林東心裏矛盾之極，高倩只是知道了他與柳枝兒的關係，卻不知道他與蕭蓉蓉的關係，現在該不該說出來呢？他有幾次都想對高倩吐露實情，但卻話到嘴邊都咽了回去。高倩和蕭蓉蓉本來就不對頭，二人一見面就互給冷臉，他實在不敢想像讓高倩知道他與蕭蓉蓉還有染之後，會是什麼反應。

「聽了你和柳枝兒的事情，其實我挺感動的。或許你不知道，我在暗中觀察她好久了，她很樸素，很純真，我相信她對你的愛不會少於我對你的愛，有時想想，有這麼個人愛著你，或許哪天我不在了，我也不用擔心你沒有人照顧。」

說到後面，高倩幾乎是泣不成聲，要她與另一個女人分享自己的男人，這得需要多大的勇氣，但她知道，林東是一條龍，目前只是條幼龍，她必須採取手段，不僅要這個男人深愛著她，而且要這個男人覺得愧疚她。她能如此平靜的面對林東與柳枝兒的事情，不是她有多麼的大度，而是事情已經發生了，這是她能想到的最好的處理辦法。她相信自己那麼做了，以後無論發生什麼，這個男人都會對她不離不棄，也無人可以動搖她林夫人的地位！

「你說什麼傻話，今天是我們高興的日子。倩，別再哭了。」林東為高倩擦去臉上的淚水。

高倩停止了哭泣，繼續說道：「你應該知道她參加了我們公司的海選了吧，說來也真是巧，或者是上天的安排吧。記得當時是你給我出的主意，讓我舉辦海選，如果不是因為這個，柳枝兒根本不會在我的視線裏出現。」

林東不禁苦笑了笑，這就是人們常說的，人算不如天算吧。

「東，你猜猜，這場海選她還能走多遠呢？」高倩問道。

林東搖了搖頭，「我不知道，如果你不願意，我可以讓她退出。」

「別！」高倩趕緊說道：「她如果要退出了，可是我的一大損失呢。雖然我不願意承認，但是我不得不承認，柳枝兒簡直就是為劉根雲的那部戲而生的，或者說劉根雲的那部戲就是為她量身打造的。她與小說的主角『九妹』太像了，無論是外形、性格還是氣質，我一看到她就會想起小說的主角，一看小說就會想起她。」

林東訝聲說道：「你不是說真的吧？」

高倩鄭重的點了點頭，「我像是在跟你開玩笑嗎？告訴你吧，我已經決定用她做那部戲的主角了。這不是我一個人定下來的，劉根雲大師也參與了，他對柳枝兒的評價非常之高，雖然她沒有什麼表演經驗，雖然她的演技還很青澀，但我只要她本色演出就夠了。」

林東完全被驚呆了，他簡直不敢相信自己的耳朵，張大嘴巴半天沒說出話來。

「你可不許偷偷告訴她，別讓她太得意忘形了。」高倩說道。

林東往床上一躺，「親愛的，我要睡了，我現在都快分不清自己是在夢裏，還是在現實世界裏了。」

高倩也躺了下來，「那我們就睡覺吧。」

林東忽然坐了起來，然後又把耳朵貼到高倩的肚皮上。

高倩問道：「你在幹嘛呢？一驚一乍的。」

「噓，別說話，我在聽聽咱們的寶貝有沒有踢你。」林東一本正經的說道。

「哦。」

高倩笑了笑，「這才多久啊，孩子還沒成型呢，你趕快躺下來睡覺吧。」

林東倒頭躺了下來，興奮的一直睡不著。

「睡了嗎？」黑暗之中，高倩輕聲問道。

林東道：「沒呢，睡不著。」

「為什麼睡不著？」

「興奮，我就快當爸爸了，以前我覺得我的人生缺了點什麼，現在我很滿足，原來缺的就是個孩子。」

「那你希望是男孩女孩？」高倩問道。

「無所謂，我都喜歡。」

「那你希望我們要幾個孩子？」

「只要你願意，我們可以一年生一個，反正有多少個咱們都養得起。」

「你把我當成母豬了是不是，哼！」

「我可沒那麼說，你要是母豬，那我不就是種豬了，自己打自己臉的事情，我不幹。」

「告訴你，在我懷孕期間，不許跟亂七八糟的女人來往！」

「遵命！」

兩人就躺在床上這樣聊著，似乎把所有能說的話都說盡了，也不知什麼時候才睏得睡著了，但第二天一大早就都同時醒來了。林東帶著高倩去了溪州市最有名的湯包店吳家湯包吃了早餐，而後二人就開車往蘇城的民政局趕去。

到了那兒，民政局才上班不久，二人沒排多久的隊，就辦好了手續，領到了結婚證。

林東看著手裏的小本子，感慨萬分，「我總算討著老婆了！」

高倩笑道：「我總算可以名正言順的和你躺在一塊兒了！」

二人哈哈笑了起來。

「走吧，我爸還在家等著呢。」高倩挽著林東的手臂離開了民政局。

「倩，以後你不要自己開車了，你坐後排吧，為了肚子裏的寶貝著想。」林東為她拉開了後排的車門。

進了車，林東才想起要打電話給邱維佳，讓他找車送父母過來，就在車裏用車載藍牙給邱維佳打了個電話。

邱維佳接到林東的電話，嚷著大嗓門說道：「你小子怎麼有時間給我打電話了？」

林東呵呵笑道：「我找你自然是有事情的了，維佳，你幫我找輛好車，然後找個司機，把我爸媽送到蘇城來。」

邱維佳笑道：「這事簡單，老人家幹嘛要去蘇城啊？」

林東由衷笑道：「兄弟，告訴你個好消息，我老婆懷孕了。」

「哎喲，你小子這還沒結婚就先把人家肚子搞大了，招夠爛夠毒的啊。」邱維佳嘿嘿笑道。

林東說道：「哎哎，怎麼說話呢，你可別胡扯啊，我老婆就在我旁邊呢，從今天起，我就是已婚男人了。」

「那……」邱維佳本想問問柳枝兒怎麼辦，但話到嘴邊，猛然想到高倩就在旁邊，於是就趕緊住了嘴。

「這樣吧，我親自跑一趟蘇城，你看怎樣？」邱維佳道。

邱維佳是很多年的老司機了，他開車林東放心。

「你親自出馬，我還有什麼不樂意的，那你抓緊找車吧，老倆口子可急著過來呢。」

「交給我了。好了，不跟你囉嗦了，我現在就去找車，掛了啊。」

掛了電話，坐在後排的高倩問道：「老公，你剛才的電話是打給誰的啊？這人可夠貧嘴的啊。」

林東笑道：「是我的一個兄弟，老家的，從小玩到大的，鐵杆的弟兄。」

車子開到高家，林東頭一次看到高紅軍站在門口。瞧見他正背著手在門口來回踱步，看上去非常焦急的樣子。高紅軍見林東的車子在院子裏停穩了，立馬走了過來，見高倩推門下車，趕緊上前扶著她。「倩啊，你可千萬小心著點，以後可再不能風風火火的了。」

「爸，我又不是七老八十的老太太，你扶著我幹嘛。」高倩嘟著嘴說道。

高紅軍哈哈笑道：「沒關係，你現在是我們家最重要的人了，所有人都該以你為中心。」

林東走在後面，這一刻，他只在高紅軍身上看到一個人父對女兒的關心，就如一個普通人一樣，哪看得出一代梟雄的模樣。

「五爺，我來吧。」

林東快步走上前去，代替高紅軍扶著高倩。

高倩停下腳步，對著林東說道：「你剛才叫我爸什麼？」

「五爺啊，怎麼了？」林東一頭霧水的問道。

「還那麼叫，難道不該改口了麼？」高倩隨即對高紅軍說道，「爸爸，我們今早去民政局領了證了。」

高紅軍一愣，臉上的神情變幻了幾遍，女兒終於嫁人了，做父親的心理可真說不出來是什麼滋味，既高興又失落。養育了她那麼多年，最終還是跟別的男人走了。

林東久久未開口，高紅軍板起臉說道：「小子，讓你改個口那麼難嗎？難道還要我求你不成？」

林東趕緊叫了他一聲：「爸」。

高紅軍滿意的點了點頭，「趕緊把你爸媽叫過來，我們兩家一起商量一下你倆的婚事。趁倩倩的肚子還沒鼓起來之前，把你們的婚禮辦了。」

林東說道：「我已經通知他們過來了，這兩天就能到。」

三人進了客廳，林東陪高紅軍聊了一會兒。

「倩倩，你現在需要多休息，先回房歇會兒吧，等吃飯的時候叫你下來。」高紅軍有話要跟林東講，所以叫高倩回房裏。

高倩站了起來，朝樓梯走去。

高紅軍連忙叫道：「以後別走樓梯了，乘電梯。」

「知道啦老爸！」高倩回頭做了個鬼臉，改朝電梯走去。

等到高倩上了樓，高紅軍便對林東說道：「林東，跟我去書房吧。」

林東站起來跟著高紅軍上了樓，進了他的書房，高紅軍指了指對面的沙發，「你也坐下。」

林東坐下之後，他知道高紅軍必然是有重大的事情要跟他說，否則也不必支開高倩。

「林東，倩倩這孩子命苦，很小的時候就失去了母親，我心裏一直覺得很對不起她，好在這孩子性格像我，從小就讓我省心。」高紅軍面帶笑容，十指交叉放在胸前，說起高倩，他的臉上就會流露出父親的慈愛。

「爸，你放心吧，高倩的前二十幾年由你照顧，以後的日子，我保證也不會讓她受一點的委屈。」林東當即表態。

高紅軍呵呵笑了笑，「年輕人，別急著給我什麼承諾，你這話說出來我也不會相信的。兩口子過日子，總會有磕磕碰碰拌嘴的時候，你能說倩倩就不會有一點的委屈？」

林東笑了笑，沒有說話。

高紅軍道：「我相信倩倩的眼光，她既然選擇了你，就做好了跟你過一輩子的準備。今天把你叫到書房，不是要你來跟我表示什麼的。」

林東說道：「爸，您有什麼就說吧。」

高紅軍點了點頭，「其實我已經吩咐了倩倩，讓她在合適的機會問過你了，不知道她有沒有跟你說過。倩倩雖然性格比較像我，但她終歸是個女人，我們高家的事業不能指望她，而且我也不想她太辛苦。你既然做了她的男人，那麼高家的事業就理當由你來繼承。林東啊，不知你做好了這個準備沒有？」

林東已經猜到高紅軍要說的是這個事情，這話由高紅軍親口說出來，他倒是不太好拒絕了。

「爸，您還年輕，至少還能幹二三十年，別那麼著急嘛，說不定等您退下來的時候，您的外孫都可以幫你打理生意了。」

高紅軍哈哈笑了笑，「你這小子，真是會說話。我也希望有那麼一天啊，但你想想，真要是那樣的話，對我是不是太殘忍了？我這人前半生在打打殺殺中度過，過的是刀頭舔血的日子，其實早就累了，早就想著退下來過幾年清閒的日子，就像我師父徐福一樣，找個山廟吃齋念佛。如果可以不再操勞，我恨不得明天就撒手不管了。」

林東笑道：「您不會的，這麼大一攤子事情，缺了你可萬萬不行。」

高紅軍道：「是啊，所以我打算給你一片區域，讓你先熟悉熟悉，等到你完全有能力挑起大樑的時候，我就把高家的全部產業都交給你經營。你不會拒絕我吧？」

高紅軍微笑著看著林東，林東只覺那笑容之中帶著懾人的威懾，在他的注視之下，他居然說不出拒絕的話。

「倩倩是個女流之輩，應該待在家裏相夫教子才是，你難道真狠心讓她處理接替我的事業，成為蘇城道上的大姐大？」

林東搖搖頭，「我希望倩倩活得輕鬆、快樂一些。」

高紅軍含笑點頭，「看來咱爺倆的目的是一致的，那就沒什麼好說的了。很快，西郊的地盤就會落到我手上，那時候我會把西郊交給你管理，希望你不要讓我失望，儘快做出業績，也好讓我早點退下來過幾年清閒的日子。」

「五爺，其實我還沒做好準備。」

高紅軍臉一冷，「叫我什麼？」

林東低下頭，「爸，對不起，是我太著急了。」

「你需要準備什麼？我當年打天下的時候，有備可準嗎？對手的刀砍過來了，需要怎麼做，那還要想嗎？林東，今天咱們爺兒倆說開了，你到底願不願意接手？」

林東見高紅軍動了怒火，心想就先順著他的心意，他瞭解高紅軍的脾氣，雖然平時看上去很和藹，但一旦來了脾氣，那是誰也擋不住的，今天是個值得慶祝的日子，他可不能讓高倩在今天看到她最愛的兩個男人吵了起來。

「五爺，那我就先試試吧，實在不行的話，你就另選賢能吧。」

高紅軍一拍桌子，「你是我高紅軍的女婿，不行也得行！告訴你小子，到時候給我打起十二分的精神，不把西郊管理好，看我不扒了你的皮。提前跟你說一句，西郊雖然很容易就能到了我的手上，但管理起來卻不是那麼簡單的。李家在那邊經營了多年，到時候給你搗亂的人絕不在少數。你如果不當一回事，那丟的不僅是你一個人的臉，還有我高紅軍的臉，知道了嗎？」

林東點了點頭，高紅軍今天說話的語氣與往常大不相同，看來正式做了高家的女婿，還真是有些不同。

第六章

新娘不是我

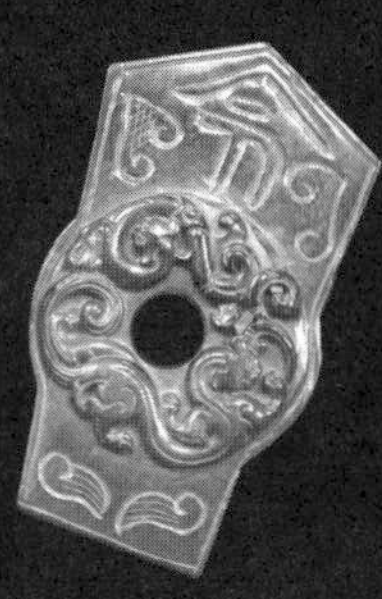

「你今天是不是把我叫來分手的？」蕭蓉蓉的心裏很難過，
她雖然從未期待能做林東的新娘，
但聽到林東結了婚的消息之後，仍是心裏一陣陣的抽痛。
「我怎麼能狠得下心。」林東把蕭蓉蓉抱得更緊了。
蕭蓉蓉掙脫了他的懷抱，目光似火的看著他，
「林東，我想替你生個孩子！」

見林東終於點頭答應了下來，高紅軍的臉色稍微緩和了一下，前傾的身子往後一靠，倚在鬆軟寬大的真皮座椅上，隨手點了根煙，慢慢的吸了起來，「林東，我一直有個問題想問問你，到底在你的眼裏，我是怎樣的一個人？」

林東微微錯愕，難道這個在蘇城縱橫多年的梟雄也在乎起別人的看法了，笑了笑，這個問題卻是不敢隨意回答他，以他如今的道行，還沒到能完全摸清楚高紅軍脾氣的境界，萬一回答的不好，可是要挨罵的，已經做了人家的女婿，挨老丈人罵幾句也無話可說。

高紅軍吐了口煙霧，目光變得凌厲起來，聲音忽地提高了一度，「我剛才的問題，你是沒聽清楚，還是不願回答？」

這句話說得不給林東留一點餘地，他以前一直覺得高紅軍不像個黑道人物，斯斯文文的倒是個學者，而今天卻接連給他震駭，看來和高倩領了證之後，他的這個老丈人終於不用在他面前裝了。不過，這樣子才像是個黑道大佬嘛！

「爸，你給我的感覺和我想像中的流氓頭頭不一樣，你不像個流氓，倒像是個沉默寡言的學者或是為官者。」林東試探著說道，這是他的心裏話，邊說邊看著高紅軍臉上表情的變化。

高紅軍笑了笑，「你以為我們這行就得天天拿著刀砍人嗎？看來你是電影電視看多了，暴力是不可能解決問題的，如今的社會，靠的是這個。」他點了點自己的腦袋，「橫衝直撞只會加速自身的毀壞和滅亡。做什麼都得講究與時俱進，流氓也一樣！」

林東放鬆了下來，笑著說道：「爸，這麼看來，你還真像個學者，說起話來一套接一套的。」

高紅軍搖了搖頭，「我的理論與學校裏的學者不一樣，他們是從書本上學來的，而我，是從生活中總結出來的。我知道，你小子很多想法與我不一致，甚至相衝。但你以後接管了西郊，我還是希望能多跟我學學。其他方面我不敢說，不是我吹噓，管地盤這方面，在蘇城我認第二，就沒人敢認第一。」

他這話林東的確贊同，高紅軍的確有這個資本來說這樣的大話。

「知道我為什麼一定要吞併西郊嗎？」高紅軍今天的話似乎特別的多，這與他的好心情是分不開的。

林東搖了搖頭，靜待高紅軍的下文。

高紅軍碾滅了煙頭，站起來走到窗前，窗外的美麗風景盡收眼底。林東也不好繼續坐著，站了起來，走到高紅軍的身旁，隨著他的目光望去，高家的豪宅建在半山腰上，從此處望去，半山的美景都能落入眼中。

初夏的季節，漫山遍野都是一片的蒼翠蔥鬱，綠葉隨風浪起伏，清風自遠處吹來，帶起一陣碧波如潮水般湧來。

「江山如此多嬌，引無數英雄競折腰。」

觀眼前之景，高紅軍不禁心生感歎。

林東站在他的身旁，能夠感受得到高紅軍此刻身上散發出的一種氣勢，或許這就叫「英雄氣概」吧！他不禁想到，若有可能，哪個男人不想一統天下呢，高紅軍費盡心機想要拿下西郊，是不是就是為了滿足他的這種心理呢？

「漂亮吧？」高紅軍笑道。

林東點點頭，「蘇城恐怕找不到第二處有那麼好的風水的宅子了。」

高紅軍面露得意之色，「眼光不賴，此山呈龍形，蜿蜒起伏，猶如巨龍盤踞在大地上，位於蘇城東部，日出東方，從風水上來說，是塊絕佳的寶地。早年我就發現了這個好地方，後來就把它買了下來，自從在這裏建了宅子，的確感覺到氣運順了許多。」

「爸，您還沒告訴我，為什麼要吞併西郊呢？」林東把話題扯了回來。

高紅軍迎著窗外吹進來的清風，眺望遠方，「有兩個原因，第一，能夠統一蘇城一直是我的理想，或許這應該說是兩代人的理想，我師父徐福也有這個理想，可惜他未能實現。第二，說得清高些，只要西郊歸我管轄，那就絕對不會再出亂子，這對西郊許多人來說都是件好事。」

林東想了想，高紅軍說的話的確在理，眼下西郊就是蠻牛和李家兄弟在互相搶地盤，械鬥火併的事情每日都有發生，如果真的有高紅軍接管西郊，四海歸一，那麼那一天也會是西郊多年紛亂結束的日子。

「爸，我明白了你的苦心，謝謝你給予我的信任，為了達成你的理想，我一定用心管理西郊。」

經過這一番的交流，林東對高紅軍的看法有了很大的改變，這或許是因為他已經是高家女婿的原因，或許是因為他開始贊同高紅軍做法的原因，他不清楚具體是哪個原因，但卻清楚一點，只要是他認為是好事的事情，就可以並且應該去做。

高紅軍滿意的點了點頭，心中暗道，總算是沒白費他那麼多的口水。

「對了，李龍三帶人去幫你打架了？」高紅軍突然問道。

林東答道：「不是打架，是抓個壞人。」

高紅軍皺眉問道：「什麼人那麼厲害？以李龍三的身手，居然被揍成了那個豬頭樣？」

林東把事情簡要的說了一遍，高紅軍也是一驚，沒想到一個野人居然那麼厲害。

「你要小心了，那個野人一天沒有抓到，你就得小心一天。我會通知江省內的道上同行替你留意那人的行蹤，一有消息，我立馬通知你。」

高紅軍這麼關心他，讓林東非常感動，「爸，讓您費心了。」

高紅軍笑道：「你是我女婿，一家人別說外人話。對了，倩倩最好別跟你住一起了，我打算讓她儘快把手頭上的工作交給下面人，然後就專心在家養著，哪兒也沒這裏安全。」

林東點頭稱是，如果扎伊那傢伙盯上了高倩，那就真的危險了，高紅軍的擔憂十分的有必要。

「爸，一切都聽您的安排。」

高紅軍道；「我聽說你和金家的人結仇了，金大川是個人物，但他的兒子嘛，哼，十足的敗家子，不難對付。或許你不知道，金大川已經消失很久了，沒人知道他的蹤跡。但我敢肯定，金大川還活著，如果有一天你和他交手，那一定得小心謹慎。那個人，可不簡單啊。」

吃午飯的時候，高紅軍就把他的安排告訴了高倩，要她火速把手頭上的工作交代下去，專心在家養胎，還說已經為她專門請了保姆和司機。高倩本不想那麼早賦閑在家，而高紅軍卻不給她商量的餘地，她拗不過父親，只好從命。

吃過了飯，林東沒有留在高家，一個人開車回公司去了。他忽然想到了楊玲，有些話想對她說，於是就近找地方停好了車，摸出電話給楊玲打了過去。

「林東，你可是好久沒有找過我了。」楊玲的語氣之中帶著哀怨。

林東沉默了半晌，終於開口說道：「玲姐，我結婚了。」

電話那頭忽然安靜了下來，林東聽不到一點的聲音。也不知過了多久，才聽楊玲說道：「早知道你有一天會結婚的，恭喜了林東，我們還是很好的朋友，我會深深的祝福你們。」

林東十分感動，在楊玲面前，他總是感覺到很輕鬆，不用去隱藏和掩飾什麼，有什麼煩惱也可以對她傾訴，楊玲每次都不會讓他失望，總是能給他慰藉。

「玲姐，有些問題我不知道該怎麼辦，你還會像以前那樣，做我的知心姐姐嗎？」

喜悅過後，林東心裏的煩惱便湧了出來，雖然蕭蓉蓉一直沒有要求過他什麼，但他真的不知道蕭蓉蓉在得知他結婚了的消息之後，會是什麼反應，他實在不忍去傷害她的心。

楊玲總是那麼善解人意，笑著說道：「是你的另外幾段感情讓你煩惱了吧？」

林東「嗯」了一聲，算是承認了。

楊玲歎道：「我和她們不同，我比她們大很多，而且受過婚姻的傷害，這輩子我都不願再嫁人了，但她們還年輕，應該擁有完整的人生，這個你給不了她們。我知道真愛很難割捨，但人總不能只為自己考慮，那樣就太自私了。話我就說那麼多，具體怎麼做，你自己選擇吧。不說了林東，我有些倦了，要休息一會兒。記住，你的婚禮一定要請我去參加。」

楊玲說完就掛了電話，林東坐在車裏，一個人對著電話怔怔出神。楊玲話裏的意思很明白，那就是讓他斷了和蕭蓉蓉的感情。的確，正如楊玲所言，他給不了蕭蓉蓉完整的人生。要一個女人無名無份的跟著他一生，這或許真的是非常殘忍。這些道理林東都明白，但要他捨棄與蕭蓉蓉的感情，別說做到，就連想一想也覺得心痛無比。

「我到底該怎麼做？」林東在心裏問自己。

他發動了車子，不知不覺中就來到了蕭蓉蓉上班的蘇城市公安局門口。

他拿起手機猶豫了一下，鼓氣勇氣給蕭蓉蓉發了一條簡訊，「有空嗎？」

蕭蓉蓉很快就回覆了他，「今天休息，你在哪兒？」

「我在你單位的門口。」林東回了簡訊過去。

蕭蓉蓉馬上打了電話過來，語氣帶著斥責，「天啊，你怎麼跑那兒去了？」

「我也不知道。」林東答道。

電話那頭沉默了一會兒，「這樣吧，我收拾一下就出門，半個小時之後在你家樓下見面。」

「好。」

林東嘴裏吐出一個字，掛了電話，他就開車往家裏去了。蕭蓉蓉幾乎是和林東同時到達他家樓下，她站在車旁，美麗的身影頓時就變成了一條亮麗的風景線。

林東下了車，朝她走了過去，「等久了吧？」

蕭蓉蓉搖搖頭，「沒有，我也剛到。」她警惕的看了看四周，「林東，趁現在沒人，咱們趕緊進去。」

二人進了電梯，到了林東家裏，蕭蓉蓉就抬起白皙修長的胳膊，圈住了林東的脖子，嬌聲問道：「親愛的，這段日子有沒有想我？」

林東臉上浮現出一絲笑容，「蓉蓉，我有件事情想對你說，思來想去，我覺得我不該瞞著你。」

蕭蓉蓉含笑看著他，「什麼事啊，說得那麼鄭重其事的。」

「你先坐下，平心靜氣的聽我說。」林東把蕭蓉蓉拉到沙發旁邊，讓她坐下。

蕭蓉蓉坐了下來，心裏莫名的緊張起來，感覺到林東是有什麼重要的事情向她宣佈。

「我和高倩領了證了。」林東說道。

蕭蓉蓉一怔，臉上的驚愕與詫異凝結在了她絕美的臉上。

林東在她身旁坐下，靜靜的等待蕭蓉蓉開口。

過了許久，卻聽蕭蓉蓉笑了起來。

「蓉蓉，你怎麼了，你可別嚇我？」林東看著蕭蓉蓉如此怪異的舉止，真的害怕她受不了這個刺激。

蕭蓉蓉的眼圈泛紅，臉上卻掛著笑意，「林東，你別害怕，我只是替你高興。高倩那麼愛你，把你交給她我放心。我知道你為什麼跟我說這個，你肯定是覺得對我很愧疚，是嗎？如果真是這樣的話，我勸你還是不要了。還記得嗎，決定跟你在一起的時候我就告訴了你，我不求名分。高倩為你付出那麼多，我怎麼忍心讓你背負罵名呢？」

「蓉蓉，你這是讓我這輩子都活在對你的愧疚當中啊！」林東把蕭蓉蓉擁進了懷裏，心裏湧現出無限的愧疚。

「你今天是不是把我叫來分手的？」蕭蓉蓉此刻的心裏其實是很難過的，她雖然從未期待能做林東的新娘，但聽到林東結了婚的消息之後，仍是心裏一陣陣的抽痛。

「我怎麼能狠得下心。」林東把蕭蓉蓉抱得更緊了。

蕭蓉蓉掙脫了他的懷抱，目光似火的看著他，「林東，我想替你生個孩子！」

林東驚愕的看著她。「你這是在說胡話的吧？」

蕭蓉蓉目光堅定的點了點頭，「我不是開玩笑，我是認真的。」

林東一時只覺頭大如斗，心中不禁浮想連篇，蕭蓉蓉此刻提出這種要求會不會有其他目的呢？難道是打算到時候以孩子來問他要名分？他不敢往下去想，總覺得蕭蓉蓉應該不是這樣的人。

「你在想什麼？」蕭蓉蓉看出來林東在思考什麼問題，步步緊逼的問道。

林東搖了搖頭，「蓉蓉，不行。有了孩子，有媽媽卻沒爸爸，你讓這孩子一輩子都活在他人的口水當中嗎？」

蕭蓉蓉語氣堅決的說道：「怎麼沒有爸爸？你不就是他爸爸嗎！」

林東一時不知如何反駁。

蕭蓉蓉有她自己的打算，前些日子有個出國深造的機會，要兩年才能回來。原本她因捨不得林東而打算放棄，當聽到林東和高倩結婚的消息之後，她就暗暗做了決定，決定珍惜這次機會，出國學習兩年。在這兩年之中，她最大的願望就是孕育一個屬於她和林東的孩子，以後生活的全部就是那個孩子。

見林東久久沒有說話，蕭蓉蓉臉上露出希冀之色，「林東，你太殘忍了，難道一個念想都不捨得留給我嗎？」

「我……」林東抬起頭，依舊是說不出話來。

蕭蓉蓉站了起來，手伸到背後，拉開了長裙的拉鏈，往兩旁一拉，裙子就從她滑嫩細膩的嬌軀上滑落了下來。

「親愛的，我從未向你求過名分，難道這個要求你也不能滿足我嗎？」蕭蓉蓉的眼睛不知何時濕潤了，淚水如一顆顆明珠般自她臉上滑落，讓人看了心生愛憐。

林東站了起來，伸手摟住她的腰肢，而蕭蓉蓉則奉上了火熱的雙唇與她全部的激情。

這一刻，靜默無言，有的只是愛情昇華中的熱度！

……

這一夜，他們不知疲倦的反覆索取，直到天明。蕭蓉蓉穿好了衣服離開了林東家裏，而林東則昏昏沉沉的睡了過去。走到樓下，蕭蓉蓉深深吸了一口氣，她清楚自己的生理期，據她推算，今天正處於排卵期內。進了車裏，她忍不住摸了摸自己的肚子，臉上浮現出複雜的笑容，「孩子啊，媽媽會用盡全部的愛來呵護你的。」

這一覺，林東一直睡到中午才醒過來。睜眼一看，空蕩的房間裏只有他一個人，走到外面，四處找遍，才確信蕭蓉蓉已經走了。他想了想昨夜的瘋狂，嘴角不禁漾出一絲苦笑。

「我這麼做是不是錯上加錯？」

沒有人能回答他，感情永遠對他而言都是一個深淵，一旦陷進去，就難以自拔。

陶大偉一身警服穿戴得整整齊齊，他對著鏡子照了照，覺得無論穿什麼衣服都沒有身上的這身警服好看。

「老子多帥氣英武的一個爺們啊，我就不信能被你老馬給治得死死的！」

陶大偉開車出了門，直奔市局去了。他已被馬成濤勒令休假，事情能否有轉圜的餘地，那就要看老馬對他今天的表現滿不滿意了。

到了警局，刑偵大隊的很多人都以奇怪的眼光打量著他，有幾個平時走得近的過來問道：「陶隊，局裏不是讓你去休假了嗎？怎麼來警局了？」

「我捨不得這裏啊，馬局在嗎？」他笑著問道。

那人點點頭，「我剛才還瞧見了，應該在的。」

「那我去找他了。」陶大偉說完就邁步離開了刑偵大隊的辦公室。

在他身後，有幾人湊在一起小聲的嘀咕起來：「完了，陶隊這是往槍口上撞呢。」

「還敢找老馬理論，看來他是不想再在警隊混下去了。」

「完全有可能，聽說小安子那三個已經打算辭職了。他們向來是跟著陶隊走的，很有可能陶隊也要不幹了，說不定今天找老馬是要臭罵老馬一頓呢。」

馬成濤辦公室的門開著，這是馬成濤的習慣，他的辦公室除了下班時間，很少有時間是關著的。

陶大偉走到馬成濤辦公室的門前，瞧見馬成濤嘴裏叼著煙，正趴在桌子上寫寫畫畫。

「馬局，我可以進去嗎？」陶大偉敲了敲門，開口問道。

馬成濤抬起頭一看是他，滿臉不悅的問道：「你怎麼來了？不是讓你回家休息一個月的嗎？」

陶大偉走了進去，笑著說道：「馬局，我瞭解您的苦心，讓我回家一個月，無非是想讓我好好思考過錯。其實這個無所謂時間長短，只要認識到錯誤就行了，沒必要非得一個月。」

馬成濤聞言笑了笑，心想真是奇怪，這小子平時一向是死鴨子嘴硬，今天怎麼一進門嘴上就跟抹了蜜糖似的。

「你認識到錯誤了？」

陶大偉點點頭，「馬局，沒認識到錯誤，我敢過來找你嗎？」

馬成濤指了指對面的座椅，「坐下來說話。」

陶大偉也不客氣，坐了下來開口就說：「馬局，我意識到我最大的錯誤就是不該繞過您，局裏的事情，無論大小都應該先請示您才對，的確是我貪功冒進，幸好沒造成人員傷亡。」

馬成濤笑了，陶大偉就知道剛才的馬屁拍到了點子上面了。他是瞭解馬成濤的，這傢伙把公安局看得比自己的老婆還重要，在局裏獨斷專權，前後幾個與他搭檔的副局長都因為這原因沒法跟他共事，紛紛調走了。

馬成濤緊握住手裏的權力不放，無非是要處處彰顯他的重要性，陶大偉正是看準了這一點，才有信心過來假意投誠。

「算你小子有悟性。」馬成濤呵呵笑道，抽出一根煙丟給了陶大偉，算是發出了「放你一馬」的信號。

陶大偉當即表態，「馬局，以後我就以您馬首是瞻，你看你能不能別讓我休假了，要我在家閑呆一個月，我非得生病不可。」

馬成濤笑道：「你小子跟我年輕時候很像，整天就想著上班。好吧，那你就回來吧。其實這次抓到通緝的要犯，你也算是立了功，但是有些情況你不知道，你得罪了大人物了。我讓你回去休假也是為了保護你，不過只要你從今往後跟我一條心，我敢保證你會沒事。」

陶大偉知道馬成濤嘴裏的「大人物」就是金河谷，其實是祖相庭親自給馬成濤打的電話，告訴他萬源的案子不要再查下去。

「哎呀，馬局，多謝你提醒，否則我可就算是完了啊。」陶大偉裝出一副驚訝後怕的表情。

馬成濤嘿嘿笑了笑，「你是我的人了，提醒你是應該的。總之，萬源這件案子你別再碰了，過不了多久案子就會結了。」

「那麼快？」陶大偉嘀咕了一句。

馬成濤一瞪眼，「怎麼，你還想繼續跟？」

陶大偉連忙搖頭，「我不是那個意思，結了好、結了好啊。」

馬成濤甩甩手，「滾吧小子。」

陶大偉回到刑偵大隊的辦公室，所有等著看熱鬧的都迫不及待的想要看到他被罵得狗血淋頭、灰頭土臉的回來。陶大偉一言不發的走到他的辦公桌前，拿起杯子倒了一杯水，一杯水幾口就灌進了肚子裏。剛才說的那番話，直令他感到噁心，若不是為了達到他想要的目的，他豈會向馬成濤低頭。

這時，刑偵大隊的大隊長趙陽走了進來，朝陶大偉辦公桌所在的地方看了一眼，拍了拍手把人召集到面前，「宣佈一件事情，馬局剛才跟我說了，小陶業務能力強，局裏最近有幾個大案子要跟，所以取消了小陶的休假時間。」

眾人譁然，紛紛交頭接耳的詢問起來，這簡直太不可思議了，老馬也有說話不算話的時候！

陶大偉走了過來，給眾人鞠了一躬，「既然局裏有需要，我當然義不容辭，即刻歸隊，希望不會讓大夥兒失望。」

趙陽點了點頭，「沒事了，都散了吧。」隨後對陶大偉說道：「小陶，你跟我來一下。」

趙陽把陶大偉叫進了他的辦公室，歎了口氣，「小陶啊，老馬英明，幸好他取消了你的休假，否則這一堆的案子我可怎麼辦哦。」趙陽拍了拍桌上厚厚的一疊資料，「唉。老哥我是個沒本事的人，這些全都指望你了。」

陶大偉笑道：「老趙，你這是說的什麼話，我給你做副手的，就應該替你分憂嘛，那這些我就拿走了啊。」

陶大偉拿著資料回到自己的辦公桌上，翻開看了看，居然全部是雞毛蒜皮的小案子，別說趙陽這種經驗豐富的老員警了，就算是個剛上任三月的新兵蛋子也能應付。他仔細一琢磨，便知道原因了，看來馬成濤還是不放心他，是要通過這些雞毛蒜皮的小事去分散他的精力，好讓陶大偉沒時間去追查萬源的案子。陶大偉心想原來馬成濤並不是那麼好糊弄的，指望以一番話就能取得馬成濤的信任，那實在是太低估他了。

「老馬，咱們走著瞧吧。」

陶大偉心中暗道，心裏憋了口氣，這案子他是一定要追查下去的。他迅速的把面前的案子分了分類，都是些盜竊、打架、詐騙和搶劫的案子，雖然不難破，但卻十分的耗費時間。

陶大偉起身離開了辦公室，走到市局的院子裏，正瞧見他的同事領著一個帶著遮陽帽的男子朝審訊室走去。他一眼就看出來戴遮陽帽的人身體有病，腳步十分輕浮，似乎一陣風便能將他吹走。

「喂，老張，啥情況啊？怎麼把一個癆病鬼往局裏領呢？」

面對面碰上了，陶大偉裝出順口一問，這在他們局裏是非常常見的現象。

老張嘿嘿一笑。「陶隊，這是帶來問話的。你抓的那人住的房子就是這傢伙的。」

陶大偉一愣，趕緊閃開，「兄弟，馬局不讓我過問這案子了，我求你了，以後有關這案子的事情你都別跟我說了，這是在害我啊。」

老張帶著人走了，陶大偉撓了撓腦袋，心道：「這是什麼情況？那房子不是金河谷的嗎？」隨即一想，金河谷如此大費周章，看來裏面必然有值得深挖的隱情。

陶大偉離開警局，去一家三星級的酒店定了兩桌酒席，而後就在酒店裏給溪州市他所認識的三教九流中的代表人物打電話，中午時分，來了十幾個，這些人可都是溪州市的知名人物，溪州市每年的民事案件中，至少有一半都是這幫人及他們的手下所為。

「諸位，今天來的都是給我陶大偉的面子，是我兄弟。桌上這三杯酒，我一口乾了！」

陶大偉端起三杯酒，一口氣連乾三杯，端的是豪氣干雲。

這可把來的這幾位給鎮住了，心想這是什麼情況？

陶大偉站著說道：「諸位，上頭派給我一些任務，挺多的，限定我三天完成，但光靠我一人肯定是沒法完成的，所以今天把各位叫來，希望各位能幫我個忙，出點力，幫助兄弟度過難關。」

癩頭七嚷嚷了起來，「我說陶警官，既然你看得起兄弟們，你的忙我們肯定會幫，說說吧，到底是什麼事情？」

陶大偉把帶來的資料往桌上一扔，丟給癩頭七一疊，「癩子，你拿到的全是打架鬥毆的案子，給你三天時間，務必幫我了了。」

這癩頭七是溪州市地界上有名的刺頭，打架鬥毆這類事情多半離不開他，許多案子還都是他親手組織的。癩頭七翻開資料看了看，嘿嘿的笑了起來，對陶大偉挑起了大拇哥，「行啊陶警官，我看不用三天了，今天下午我就替你了了，你準備接人吧。」

陶大偉又拿起了一疊資料，丟給左邊的光頭，「李光頭，這些都是南華社區電瓶車失竊的案子，你看看吧，能幫忙就幫兄弟一個，兄弟必然記著你的大恩。」

李光頭臉一紅，「陶警官，你還說這話幹什麼，你既然沒帶人來抓我，那就是給了我光頭李大面子了，我再不識趣，那可就說不過去了。一天之內我把人給你湊齊了，失竊的電瓶車也一輛不會少。」

「陶警官，有需要我幫忙的？」大老二舉起手來問道。

陶大偉哈哈一笑，「大老二啊，你問得正好，這份就是你的。我說你的那幫兄弟能不能有點追求？整天就知道擠公車揩油。」

大老二摸著圓圓的腦袋說道：「這不剛到夏天，美女們又讓咱們騷動了不是。」

陶大偉擺擺手，「別跟我扯這些沒用的，給我湊幾個人過來，告訴他們，管吃管喝管住，幾天就出來。」

大老二點點頭，「好，你陶警官一句話，這事情我立馬替你辦妥當。」

不到半小時的工夫，陶大偉就把帶來的資料分發了乾淨。這些三教九流之所以願意為陶大偉效力，主要是因為陶大偉的好人緣。在幹員警的這些年當中，陶大偉沒少和這幫人打交道，這幫人雖然偷竊扒拉掀女人裙子的都有，但都是些重義氣的人，有時候陶大偉也會睜一隻眼閉一隻眼，沒跟他們多計較，真到了關鍵的時刻，這幫曾經受過他恩惠的人全都願意幫忙。

說完了正事，眾人就喝開了。

黃老邪端著酒杯走到陶大偉跟前，「陶警官，上次多謝你打招呼，否則我那澡堂子就算完蛋了。」

陶大偉哼了一聲，「我說黃老邪，就你那三塊錢一張票的破澡堂子也學人家搞色情服務？你腦瓜子秀逗了吧。」

黃老邪一笑，露出了一個大黃牙，「教訓的是，我也是受人蠱惑，一時迷了心智，下次再也不敢了。」

陶大偉道：「黃老邪，你就那麼點家底，別折騰光了，那些大的浴室能搞，那是他們背後有人撐腰，砸了大錢了。」

一頓飯吃完，陶大偉喝了不少酒，開車回到辦公室，趴在桌子上睡了一覺。一覺醒來，癩頭七、光頭李等人就把事情辦妥了，把人給他送來了。這一下午，陶大偉就忙著接待了，好在這幫傢伙都是把進局子當進賓館的常客，進來之後十分配合，否則真夠他忙活的了。

下午下班之前，陶大偉敲開了趙陽辦公室的門，「老趙，你交代給我的案子，我都辦妥了。」

老趙一愣，有點不敢相信的說道：「那麼快？」

陶大偉一點頭，「不是你說的嘛，案子催的急麼。還有，我也想趁這段時間歇一歇，多看點書，給自己充充電。」

趙陽呵呵笑了笑，「年輕人有想法就好，我支持你，這段時間就不給你派案子了，但我可把話說在前頭，一旦有我搞不定的案子，你還得幫我。」

陶大偉哈哈笑道：「我的大隊長喲，是我應該做的，你可千萬別說幫不幫的話。」

從趙陽的辦公室出來，陶大偉知道趙陽這頭他是暫時穩住了，但至於怎麼展開對萬源案件的調查，他卻是一點頭緒都沒有。馬成濤不讓他碰那件案子，陶大偉現在是想見萬源一面都不可能，真不知該如何下手。

「我這是老虎吞刺蝟，無從下口啊。」

到了下班時間，陶大偉立馬就離開了辦公室，他要做出一個樣子來，要讓所有馬成濤的眼線都看到他現在有多麼清閒，這樣馬成濤才不會對他起疑。一路上，上午在院裏碰到的那個戴遮陽帽的人的影子，總是在他腦海裏揮之不去。

第七章

婆媳相見歡

「林東和我說過，你家裏希望第一個孩子能跟著你姓高，
這事情我和林東他爸也商量過了，
老頭子看得很開，沒什麼意見，我們都同意呢。
不過你得為林東為老林家多生幾個娃娃，以後媽媽替你帶孩子。」
高倩俏臉一紅，心中頗有些感動，眼裏噙著淚花，
「媽媽，我真的不知道該說什麼是好了，你們對我太好了。」

一大早，邱維佳給林東打了電話，說他今天親自開車送林家二老到蘇城來。

「林東，你猜我問誰借的車子？」

林東笑道：「你這傢伙，我怎麼可能猜得到！」

邱維佳呵呵笑道：「昨天我進城，找了一圈，那些車子全都太破，開到蘇城肯定丟你面子，你現在是老闆了，咱可不能讓你掉價啊。你猜怎麼著，我中午吃飯的時候遇到了咱的老同學，她幫我解決了這個大難題。」

「誰？不會是顧小雨吧？」林東問道。

邱維佳道：「你怎麼就猜到是她？」

林東笑道：「她是縣委，能量大得很，給你找輛車，那還不是她一個電話的事情。」

邱維佳點了點頭，「你說的沒錯，她問我進城幹嗎，我就說借車來的，跑了一上午，沒找到合適的。顧小雨真是爺們啊，問我要什麼樣的車，我說越高級越好。她當場就給某個老闆打了電話，沒到二十分鐘，人就把車給開到了飯店門口，寶馬五系，怎麼樣，不丟你的人吧？」

林東沒有回答邱維佳的問題，而是問道：「你有沒有跟她說我結婚的事情？」

邱維佳「嗯」了一聲，「我說了。你這麼一說我才想起來，顧小雨當時的表情有點不對勁呢，讓我一度懷疑你們之間有過什麼。」

林東趕緊說道：「你胡扯什麼，顧小雨的眼光有多高你不是不知道，上學的時候，就咱班的幾十個男人，她正眼瞧過幾個？」

邱維佳嘿嘿說道：「要說以前，你小子肯定入不了她的法眼。但是現在嗎，嘿嘿，你小子那麼成功，她說不定就芳心暗許了呢。」

邱維佳不是傻子，這傢伙肯定是嗅出什麼味道來了，但林東身正不怕影子斜，他和顧小雨之間沒有什麼，充其量只是顧小雨的一廂情願，他倒不怕邱維佳亂說。

「維佳，路上開車小心點，不要開太快。我媽坐不了快車，要穩！」林東叮囑道。

邱維佳連聲說是，「我知道了，好了，不講了，我快到你家了。」

掛了電話，邱維佳轉了個彎就進了柳林莊。他開著大寶馬進村，頗有衣錦還鄉的感覺，故意放緩了車速，好讓更多的村民看到寶馬車是他開的。果然，這車一進村裏，後面就跟了一大群孩子，不少村民也站在門口議論紛紛。

「不會是林老大家的東子回來了吧？」

「不是，剛才我看見開車的了。不是東子。」

「好像是原來鄉裏給鎮長書記開車的邱小子，和東子非常好，以前老蹬著腳踏車到咱村來玩。」

邱維佳開車到了林東家門口，停穩了車，推門下去，走到林東家的院子裏，「叔、嬸，準備好了沒？」

他一看，林母堵在雞窩門口，雞窩裏的人好像是林父，連忙走過去，一看果然是林父。

「嬸子，叔叔他一大早鑽雞窩幹什麼？」邱維佳撓頭問道。

林母這才發現邱維佳到了，「小邱啊，高倩懷孕了，我和你叔合計把咱家的老母雞全部帶過去，給她煮雞湯補身子。」

邱維佳笑道：「嬸子啊，你們這是瞎忙活，人家千金大小姐，還缺雞湯喝不成？」

林母搖搖頭，「你不懂，咱家的雞沒餵過飼料，營養比城裏賣的那些雞好多了。再說了，這也是咱們的一片心意不是，你說高家那麼有錢，也不稀罕咱那點錢，只能多花點心了。」

「拿著！」

林父抓到了一隻，抓住一隻蘆花老母雞的兩隻腿，從雞窩的窗戶伸了出來。林母趕緊接了過來，指了指地上的布繩，「小邱，別站著了，幫幫忙。」

邱維佳趕緊拿起布繩把雞腿捆了。

如此再三，林父把雞窩裏的十幾隻老母雞掏了七八隻出來，這才從雞窩裏鑽了出來。

「老叔，幹嘛不一趟全帶過去？」邱維佳問道。

林父頭上頂著雞毛，渾身沾滿了蜘蛛網，一邊拍撣身上的雞毛一邊說道：「留下幾隻雞下蛋，留著給兒媳婦坐月子的時候補身子。」

邱維佳嘿嘿笑道：「嬸子，瞧叔叔多疼他兒媳婦，你吃醋不？」

林母揮手欲打，「你這孩子，什麼玩笑都開呢。」

「自古以來公公和兒媳的話題就為人所津津樂道嘛。」邱維佳賊笑著說道。

「渾小子，你叔的玩笑你也敢開？你要是小幾歲，我非得請你吃鞋底不可。」林父叉腰吼道。

林母著急看兒媳婦，催促道：「哎呀，別鬥嘴了，老頭子，趕緊把咱準備的東西往車裏裝。」

收拾完畢，邱維佳就開車載著林家二老出發了，因為林母暈車，所以邱維佳就把她那邊的車窗打開，這樣風可以吹進來，林母才覺得舒服了些。

到了柳大海家的門口，柳大海正好站在門口，大聲問道：「林大哥，你們這是要去哪兒呢？」

林父剛想說去蘇城看兒媳婦，忽然感覺到有人踢他，再一看林母正朝他一個勁的使眼色，立馬明白了過來，對柳大海笑道：「我們出去旅遊，到外面逛逛去。」

柳大海揮揮手，「去吧去吧，家裏的事情我替你照應著。」

等到車子出了村，柳大海一咂嘴巴，沉吟道：「眼看著田裏的麥子就快能收了，這時候去旅遊？有病嗎？」

孫桂芳在旁說道：「你才有病，人家東子那麼有錢，就算把田裏的麥子一把火燒了，也就是幾千塊錢的事情。我跟你說，說不定林老大連眼都不眨一下呢。」

「說的有理，林東那小子只知道讓他爸媽去旅遊，就沒想到咱們倆口子呢？」

柳大海吧嗒吧嗒的抽著煙，心裏十分的不舒服，也十分的後悔，如果當初不是他去林家悔婚，他現在就是林東名正言順的老丈人，心想林東要是敢這麼眼裏沒他，他絕對敢罵他個狗血淋頭。

「可惜啊可惜……悔不當初啊……」

柳大海幾乎要捶胸頓足了。

出了山陰市，邱維佳就把車開上了高速。這速度剛一拉起來，林母的暈車反應就來了，趴在車窗上一動也不動。

「老嬸，沒事吧？」

林母擺了擺手，「沒事，別擔心我。」

邱維佳道：「這高速我也不能開慢，嬸啊，你要是實在熬不住了，我就靠邊停下來讓你緩緩。」

林母立馬搖了搖頭，「不要，我熬得住的，小邱，再過半天能到嗎？」

邱維佳道：「以現在的速度肯定能到。」

林母笑了笑，「哎呀，那就好，就快能見到兒媳婦了，肯定比照片上長得還俊俏。」

林父身子僵硬筆直的坐在後座上，邱維佳從後視鏡裏看到了林父這個姿勢，咯咯笑了笑，「我說老叔，你就不能靠在座位上嗎？我跟你說，這可是真皮的，舒服著呢，你那樣不累嗎？」

林父吹鬍子瞪眼，說道：「你懂什麼？你老嬸正在受罪，我這是陪她一塊受罪呢。」

聽了這話，邱維佳不再說話了，林家老兩口的感情之深令他感動。

又開了兩個小時，來到了服務區前面，邱維佳見林母的臉色不太好，也沒徵求林家二老的意見，把車開進了服務區裏。

「老叔、老嬸，咱們進去吃個午飯，順帶休息休息。」

林父攙扶著林母下了車，往前沒走幾步，林母就扒著花壇吐了出來。

邱維佳在旁看得心疼，心裏暗道：「林東啊，你該在咱大廟子鎮修個機場，你娘想看你了，直接讓她坐飛機落到你家樓頂上。」

下午三點鐘，林東估算了一下時間，估計邱維佳也該到了，於是就給邱維佳打了個電話。

「維佳，到哪兒了？」

邱維佳還沒到蘇城，說道：「過寧城的地界了，估計還要兩個鐘頭才能到。」

林東最擔心老娘的身體，問道：「維佳，我媽暈車暈得厲害嗎？」

邱維佳歎道：「是啊，老嬸中午都吐了，還好下午吃了暈車藥。你別擔心了，有老叔照顧她呢。」

掛了電話，手機還沒來得及放進兜裏，高倩的電話就打了過來，急急忙忙的問道：「親愛的，爸媽到了嗎？我睡了個午覺，沒想到睡過頭了。這懷孕之後，還真是覺得睡不飽。」

林東笑道：「那你就繼續睡唄，他們還沒到，估計還要兩個鐘頭，我去楓樹灣那邊的房子看看，晚上安排他們住那兒。」

高倩笑道：「幹嘛不安排爸媽住酒店，那兒條件可比家裏要好。」

林東說道：「你不瞭解他們，跟他們說住酒店，他們肯定不樂意的，再說了，這是咱爸媽，到兒子這兒來，哪有住酒店的道理。」

高倩點了點頭，覺得林東說得有道理，「好，那就這樣安排，我收拾一下就去楓樹灣，咱們在那兒見，和你一起把房子收拾一下，然後就去接二老。」

「你懷著孩子呢，還是在家休息吧。」林東勸道。

高倩執意不肯，「這可是二老頭一次來，我得好好表現，努力給他們留下好的印象。」

掛了電話，林東就開車往楓樹灣去了。那房子自打去年裝修好之後，一應傢俱和電器早就買好了，不過林東卻一次也沒在那住過，這次林家二老過來，正好可以安排在那裏住下。

到了楓樹灣，林東先上了樓，打開房門，裏面的一切都是嶄新的。他把覆蓋在傢俱和電器上的白布拉開，又將窗戶打開，屋裏沉悶的空氣很快就換成了新鮮的，過不久，就見高倩走了進來，身後還跟著一男一女。那男的是林東認識的，是李龍三經常帶在身邊的，名字叫郭猛，功夫十分了得。女的看上去有五十歲左右，一直扶著高倩，小心翼翼的，不過臉上一直掛著笑容，讓人看上去十分的舒服。

「東哥，你好，五爺叫我給倩小姐開車，同時也負責保護她的安全。」郭猛上前來跟林東打了招呼。

「郭猛，坐吧。來，抽煙。」林東指了指沙發，然後又從口袋裏掏出煙盒。

郭猛趕緊擺擺手，「東哥，你可千萬別害我，五爺說了，在給大小姐開車的這段期間，我要是敢碰煙酒，他就廢了我。」

林東看了看高倩，卻見高倩含笑說道：「抽煙對肚子裏的寶寶不好，老公，你也戒了吧？」

林東深吸一口氣，看了看手中的煙盒，右手一用力，就把煙盒揉成了一團，丟進了垃圾桶裏，笑著說道：「為了未出世的寶寶，我從今天開始就戒煙。」

高倩介紹了一下攙扶她的中年婦女，「老公，這位是白阿姨，是九龍醫院婦產科的一名非常有經驗的老護士了，以後她會二十四小時的陪著我。」

林東心中暗道，這就是有錢人家，這要是在他們老家懷城，女人懷了孕還照樣下地幹活，甚至有的就在田裏產下了孩子。不過就從高紅軍在這件事上的安排來看，就知道高紅軍是多麼的疼愛他的寶貝女兒了。

林東笑道：「白阿姨你好，那高倩懷孕的這幾個月就麻煩你照顧她了。」

「這兒我們都沒住過，所以我剛才來的路上就去買了些生活用品帶了過來。」

高倩轉而看著郭猛，「猛哥，東西呢？」

郭猛一拍腦袋，大叫一聲，「哎呀，我忘車裏了，馬上就去拿。」

高倩在屋裏走了一圈，回頭對林東說道：「老公，這屋裏一直沒人住，我看還是要打掃一下。」

林東看了看時間，「還有半小時可以用來打掃。」

他一說完，高倩就拿起了抹布。這時，老護士白楠立馬搶了過來，「倩倩啊，這些活你可不能做，你現在最重要的是保護好自己，不能受累。」

林東笑道：「是啊，倩，你就聽白阿姨的話吧。」

這時，郭猛拎著東西走了進來。高倩指揮郭猛，讓他把各樣東西放到應該放的地方。郭猛忙完了之後又主動找來拖把拖地，倒也顯得十分勤快。這對郭猛而言也是次絕佳的機會，高倩無疑是高紅軍最關心的人，高紅軍把保護高倩如此重要的任務交給了他，郭猛心想只要我敬敬業業做好了，不出一點紕漏，等倩小姐生完孩子，說不定高紅軍會給他一家酒樓打理呢。

把屋裏清掃了一遍，頓時覺得乾淨了許多。高倩看了一圈，帶著滿意的笑容點了點頭，「還真別說，你們兩個大男人也能把房間打掃得乾乾淨淨的。」

「呵呵呵……」郭猛咧嘴傻笑了笑。

林東一看時間，抬頭對高倩說道：「倩，時間不早了，我們該出發了。」

「走，接公公婆婆去！」

高倩跨上林東的手臂，二人並肩出了門。

到了樓下，高倩和白楠坐林東的車，郭猛開著空車跟在後面。出發之後，林東給邱維佳打了個電話，問他到了那裏，邱維佳告訴他，還有四十分鐘就能到蘇城。林東在電話裏和邱維佳說好的路線，告訴了他在哪個路口等他。

傍晚時分，睡了一下午的林母終於睜開了眼睛，看了看外面的天色，問道：「小邱，快到了吧？」

邱維佳笑道：「老嬸，瞧你急的，快到了，你再等一會兒，林東剛才打電話來了，已經在路口等我們了。」

邱維佳當年替父親開貨車的時候，曾經來過蘇城很多次，對蘇城的路線比較熟悉，再配合車上的導航系統，倒也沒走錯路，四十分鐘不到就來到了林東所說的那個路口，一眼就瞧見了林東，再一看站在林東身旁挽著林東胳膊的高倩，細高挑的個兒，眉眼如畫，肌光勝雪，心中不禁歎道：「這小子還真是豔福不淺，漂亮的女人怎麼都看上他了？這就是兜裏有錢的好啊！」

他仔細一琢磨，高倩是在林東發達之前就跟林東好上的，只得搖頭笑了笑，心裏不得不承認比不上林東的魅力。

「老叔、老嬸，看見沒，你們的兒子和兒媳婦就站在前面的路口。」

林家二老激動了，扒著前面的座位往前看去，林母樂得合不攏嘴，「老頭子，我看見高倩了，真的比照片上長得還俊！」

林父樂呵呵的只顧著笑，一句話也不說。

林東也看見了駛來的寶馬，看到牌照是山陰市的，就知道是父母到了。

「來了。」

林東指著駛來的寶馬五系說道。

高倩抓著他的手臂，林東感覺到高倩抓他的力氣越來越大，低聲在她耳邊說道：「倩，怎麼了，你是不是緊張？」

高倩點了點頭，「老公，你說你爸媽會不會不喜歡我？」

林東笑著摸了摸她的頭，「別胡思亂想了，他們會喜歡得不得了的。」

說話間，寶馬車已在二人身旁停了下來，林東和高倩忙走了過去，拉開了後門。林家兩老下了車，林母見了高倩，精神好了很多，一點都看不出不久之前還暈車暈得難受的要死的樣子，拉住高倩的手，這兒看看那兒看看，一個勁的點頭稱讚。

「真是個好姑娘，瞧，多俊多水靈。老林，你說是不是？」

「爸爸、媽媽，你們一路遠來，路上辛苦了。」高倩笑著說道，表現得落落大方。

一向沉默寡言的林父依舊悶不作聲，只是從他臉上流出來的歡喜之色就可以說明了一切，他對這個素未謀面的兒媳婦是相當滿意的。

「媽，感覺怎麼樣？還暈嗎？」林東問道。

林母搖搖頭，「倩倩就是媽的靈丹妙藥，見到了她，我什麼病都沒了。」

「倩，你和媽聊會兒，我招呼一下我兄弟。」

說完，林東就朝邱維佳走去，這夥計靠在車上，嘴裏叼著根煙，頗有一副風輕雲淡、超脫世俗的感覺。

「兄弟，一路辛苦了。」

林東摸了摸身上，本想遞根煙給邱維佳，摸到口袋才想起來煙已經被他揉成團丟進垃圾簍了。他在高倩面前表過了決心，從此要戒煙的。

「怎麼了？抽完了。那就抽我的吧。」邱維佳直接把煙盒送到林東面前，「別嫌差。」

林東擺擺手，笑著說道：「維佳，我戒了。」

「戒了？」邱維佳像是聽到了什麼重磅新聞，流露出不可思議的目光，「你跟我說笑的吧？」

林東正色道：「你瞧我像是會拿這事說笑的人嗎？答應了高倩了，為了她肚子裏的孩子健健康康的，爺們硬是決定從今天開始戒煙了。」

邱維佳嘿嘿笑了笑，「煙這玩意有癮，可不容易戒掉啊。我家老頭子從三十歲開始一直喊著要戒，這都過去快二十年了，這不還是煙不離手，哪能那麼容易戒掉。」

「不管你信不信，反正我是信我能戒掉。」

邱維佳瞧了一眼高倩，又朝林東笑道：「弟妹真不錯啊，你小子真是有福氣。要說柳枝兒吧，那也是咱大廟子鎮頂尖的美人了。現在這姑娘更是不得了，豔福不淺哦！」

林東嚇得不輕，「兄弟，你想讓我倒楣嗎？別在高倩面前提枝兒行嗎？」

邱維佳歉然一笑，「對不起兄弟，我口無遮攔的。」他把林東拉到面前。低聲問道：「那你和高倩結婚了，柳枝兒那頭怎麼辦？」

林東歎道：「這事情本來就沒有完滿解決的法子，看來只能傷害一方了。」

二人正在說著，高倩掉頭說道：「老公，爸媽都累了，我們先帶他們回去休息吧。」

林東這才想起來，回頭說道：「好，咱們出發。」然後對邱維佳道：「咱哥倆晚上好好聊聊，這會兒先跟我回家去吧。」

林母見了兒媳婦，喜歡得不得了，林東就讓父母坐他的車，林父坐在副駕駛上，高倩坐在後排，兩旁分別坐著白楠和林母。邱維佳和郭猛兩個開著空車跟在後頭。半個小時後，三輛車就進了楓樹灣的社區。

林東領著父母上了樓，打開房門，把二老請了進去，「爸媽，今晚你們就住這兒。」

「東子，這裏那麼新，是不是你們打算做新房的？我和你爸隨便找個地方就能將就了。」

林東笑了笑，「你兒子原本還真是打算把這兒當作新房的，但現在我已經買了別墅了，這裏裝修好了之後一次都沒來住過，估計以後也不會來，就留給你們在這兒的時候住。」

聽林東那麼一說，林家二老也就不說什麼了。郭猛和邱維佳兩個把林家二老從老家帶來的東西都拿了上來，足足堆了好大的一堆。

林母把高倩拉到房裏，問一問兒媳婦最近的反應，高倩只是紅著臉，卻不知道怎麼開口。林東走進來，「媽，你躺下來睡一會兒吧，等你醒了我就帶你們去吃飯。」

林母直搖頭，「我又不睏，有好些話想要和倩倩說呢。你出去，和你爸聊天去。」

林東只好關上了門，走到外面，邱維佳不知從哪兒找到了一盒象棋，已經和郭猛擺開了陣勢，互相廝殺起來。林父坐觀棋局，只看不說。

房間裏，林母拉著高倩的手，笑著問道：「孩子，你跟媽媽說說，是想吃酸的還是甜的？」

高倩搖了搖頭，「媽媽，這個我還真不知道，才查出來不久，估計還沒有反應吧。」

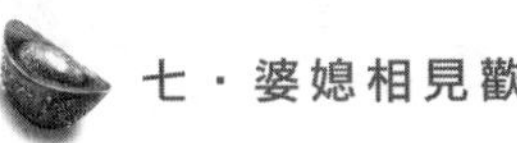

林母滿目慈愛的看著高倩的肚子，「不管是男孩還是女孩，那都是我的孫子孫女，我都喜歡。」

高倩笑了笑，她與林母雖然是頭一次見面，但卻沒什麼距離，交流的非常投機。

「林東和我說過，你家裏希望第一個孩子能跟著你姓高，這事情我和林東他爸也商量過了，老頭子看的很開，沒什麼意見，我們都同意呢。不過俺們兩老有個要求，那就是你得為林東為老林家多生幾個娃娃，以後媽媽替你帶孩子。」

高倩俏臉一紅，心中頗有些感動，眼裏噙著淚花，「媽媽，我真的不知道該說什麼是好了，你們對我太好了。」

林母為她擦去淚水，「可不許哭了，要保持心情愉快，不能大喜大悲，那樣對孩子不好的。」

高倩鄭重的點了點頭，「媽，我知道了，您還是休息會兒吧。」

「不累，我在車上睡了一路。」林母含笑看著兒媳婦，發現怎麼也看不夠似的。

第八章

女人心海底針

柳枝兒在電話裏興奮的說道：「東子哥，我被選上了！」

這是他前些日子就已知道的，林東想想都覺得要佩服高倩的胸襟，明明知道柳枝兒跟他的關係，還將公司重資投拍的重頭戲主角給了她，換做是他，林東自問難以做到。

女人心海底針，有時真不知她們到底是怎樣的一種心理。

客廳裏，棋局上戰況激烈。

郭猛雖然外表粗獷，但下棋還是蠻有心機的，棋藝不賴，看得出是個粗中有細的人，把邱維佳殺得丟盔棄甲，抵擋了一陣就敗了。下了三局，郭猛除了頭一局輸了，剩下的兩局全都贏了。林東看得出來，第一局那是郭猛讓著邱維佳，心裏暗自稱許，郭猛這人很會做人，日後可以重用。

「老叔，你來吧，我玩不過這兄弟。」邱維佳把象棋往盤上一扔，讓開了座位。

林父也不客氣，坐到了郭猛的對面，開口說道：「小夥子，你可不許讓我，我看得出來的。」

郭猛一愣，才明白這老頭才是高手，微微笑了笑，「不敢不敢，還請伯父手下留情。」

「咱們誰也別客氣，下棋嘛，讓來讓去的有啥意思，你說是不是？」林父一邊擺棋一邊說道。

郭猛點了點頭，拿出了真本事，才走幾步，他的頭上就開始冒汗了，心道果然薑還是老的辣，林父的棋藝不知要比邱維佳高出多少倍。勉強應付了一會兒，第一局不到十分鐘，郭猛的老帥就被林父給堵在士後面堵死了。

「哈哈，我老叔贏了。」邱維佳豎起大拇指，「兄弟啊，你還不知道吧，我老叔下象棋那是咱老家有名的。」

郭猛心知棋藝與林父不是一個等級上的，下多少局他也還是輸，放下了棋，笑道：「伯父厲害，我佩服。」

林東看了看時間，對林父說道：「爸，餓了吧，我去叫媽出來，我們一起出去吃飯。」

林父點了點頭，看著棋盤上的殘局，一個人陷入了冥想之中。

林東推門進了房間，「媽，時間不早了，我們出去吃飯吧。」

高倩站了起來，說道：「老公，忘了告訴你了，我來的時候已經在這附近的開元樓訂了席位了。」

開元樓是附近最好的酒樓，林東心中佩服高倩的細心，高倩挽著林母的胳膊，帶著她走出房間。林東叫上其他人，一起下了樓。

到了開元樓，林母一看包間那麼豪華，小聲問了林東一句：「兒啊，這兒吃頓飯要多少錢？」

林東笑了笑，「媽，不多的，三千吧。」

林母張大了嘴巴，訝聲道：「怎麼那麼貴？早知在家裏自己燒點菜好了。」白楠向服務員要來菜單，選了幾套清淡少油又有營養的菜，這是專門給高倩要的。

林東自己帶來了酒，「維佳，你有口福了，嘗嘗這特供的茅台吧。」

邱維佳兩眼放光，摸著下巴笑道：「看來我這趟沒白來。」

也不客氣，邱維佳自己就把瓶給開了，他要給郭猛倒酒，嚇得郭猛捂緊了酒杯。

「怎麼，兄弟你不喝酒？」

林東趕緊打圓場，替郭猛解釋，「他不能喝，今晚就你和我爸喝吧。」

將父母安排睡下，林東才拉著邱維佳離開了楓樹灣。高倩半小時前走了，邱維佳晚上逮到好酒就死命的喝，著實喝了不少，此刻正抱著腦袋，一個勁的捶著腦袋。

「兄弟，你結婚了，我高興啊。」

林東把邱維佳塞進車裏，邱維佳嘴裏說個不休。

開車回到住的地方，邱維佳已經躺在後座上睡著了。林東扶著他進了屋裏，喊了幾聲，這傢伙睡得跟死豬一樣，怎麼叫也沒反應，林東只好把他弄進了客房裏，替他脫掉了鞋襪，蓋上了被。

不一會兒，客房裏便響起了邱維佳重重的鼾聲。林東想起了上中學的時候，每年放暑假，邱維佳都會到柳林莊來找他去雙妖河釣魚，有時候也不回家，和林東擠在一張床上，那時候的兩個十幾歲的少年，一轉眼都已過去十來年了，一晃之間，各自的境遇都發生了很大的改變。

邱維佳自小生活就比較富裕，他爸爸搞運輸在當地也算是小富，而林東自幼家貧，上學時還多虧了邱維佳的救濟。看著沉睡中的邱維佳，林東心生感慨，當年貧困之時，邱維佳對他百般照顧，現如今他有錢了，也該是報答這位好哥兒們的時候。少年時候就真心相處的朋友，往往會成為終生的摯友。

林東關上了房門，洗漱後就去睡覺了。

第二天一早，他還沒有醒來，就聽邱維佳在客廳裏叫道：「林東，你這裏多久沒回來住了？怎麼冰箱裏一點吃的都沒有。」

林東睜開惺忪的睡眼，下床進了客廳。「兄弟啊，我平時不怎麼在家開火。要吃早飯是吧，你等我一會兒，我洗漱後就帶你去。」

「你等等，我身上難受死了，昨晚牙沒刷臉沒洗就睡了，先讓我洗個澡。」說完，不由分說的搶在林東前頭進了浴室。

林東笑了笑，回到客廳裏坐下，拿起手機給楓樹灣房子裏的電話打了過去。不一會兒，電話裏就傳來了林母的聲音。

「媽，是我啊，您二老昨晚休息的還好嗎？」

林母笑道：「好，床十分的舒服，我和你爸休息的都很好。」

「早飯吃了沒？」林東問道。

林母道：「吃了，屋裏的冰箱裏有好多東西，我和你爸煮了麵條。對了。小邱怎麼樣了？這孩子昨晚喝了那麼多，沒事吧？」

林東笑道：「媽，你就別替他擔心了，他好著呢。待會兒我過去接你和爸，帶你們好好在蘇城逛一逛。」

林母道；「好啊，你路上慢點開車。」

掛了電話，邱維佳也從浴室裏走了出來，正拿毛巾擦著身體。林東一看，居然拿了他擦腳的毛巾，忍不住笑了出來。

「怎麼了？」邱維佳愣了愣，問道。

「我這毛巾香吧？」林東壞笑著問道。

邱維佳不明所以，居然把嘴湊上去聞了聞，點了點頭，「嗯，有點香味，怎麼了？」

林東捧腹笑了起來，笑得腰都直不起來了。

邱維佳皺眉想了想，像是明白了什麼，厲聲問道：「你小子老實告訴我，這毛巾是你擦什麼的？」

「擦腳的。」

林東說出了實情，邱維佳憤恨的把毛巾往地上一甩，「真晦氣，你在外面等著吧，我要再沖洗一次。」

砰！

邱維佳又把浴室的門關上了。趁這個時間，林東下了樓，社區外面就有賣早餐的，跑到早餐攤上，要了些包子和豆漿。等到他回來的時候，邱維佳剛好洗好了澡。

林東把早餐放在餐桌上，「維佳，你先吃吧，我去洗漱了。」

邱維佳昨晚在酒店就吐了一次，肚子裏早就空了，這會兒見了食物，猶如餓虎撲食，二話不說，拿起肉包子就往嘴裏塞。等林東洗漱好出來，桌上的包子就剩兩個了。

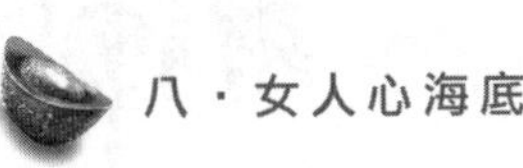

邱維佳嘴裏叼著牙籤，對林東說道：「你們大城市的人就吃這玩意兒？」

林東點點頭，「有問題嗎？」

邱維佳冷哼一笑，「這包子可比咱們鎮上的差多了，我真替你感到悲哀。」

林東笑道：「難吃你還吃那麼多？」

邱維佳摸著肚子，嘿嘿笑道：「誰叫兄弟我餓呢。」

林東過來消滅了剩下的兩個包子，然後對邱維佳說道：「走吧，去接我爸媽去，然後帶你們在蘇城逛一圈。」

「你公司一堆事，別浪費時間了，該忙啥忙啥去。」邱維佳道。

林東笑了笑，「我公司就是半月不去也沒問題，快走吧。」

聽了這話，邱維佳就起身跟林東出了門。林東開車把他帶到楓樹灣，進了屋，「爸媽，那咱們就走吧，今天我帶你們去看古典園林，欣賞一下蘇城的小橋流水。」

林父抬起頭，面色顯得十分凝重，「東子，你過來坐下。」

林東在父親對面坐下，問道：「爸，你心情不好？」

林父歎了口氣，「我不想去遊山玩水，我想去看看你乾爹，這次既然來了，我第一時間就該去看看我的老哥兒們。」

邱維佳已經知道了羅恒良得了肺癌住院的事情，聞言也是點了點頭，「老叔這話有理，林東，我也想去看看羅老師。」

林東點了點頭，「那好吧，我現在就帶你們過去。」

邱維佳開著他借來的寶馬，跟在林東的車後面，不到半個鐘頭就到了九龍醫院。

「這家醫院是蘇城最好的私立醫院，我給乾爹找了最好的大夫。」林東說道。

林父道：「為什麼不安排你乾爹去公家的醫院？」在林父的思維裏，公家的要比私人的可靠。

林東還未說話，邱維佳先開了口，「我說老叔，這你就不懂了。現在私立的醫院比公家的好，人家肯捨得花錢，買得起最先進的設備，請得起最好的醫生。」

林父咂摸了一下嘴巴，才感到自己的老腦筋跟不上社會了，心想這兒不是大廟子鎮，他不瞭解這裏，以後還是少發言的好。

林東在前面帶路，進了住院部的大樓搭電梯直接上了樓，來到羅恒良住的病房門前，林東抬手按了按門鈴。

老護士很快就把門打開了，見是林東，笑著說道：「林先生，又來看羅老師啊。」

林東點了點頭，「阿姨，我乾爹他最近怎麼樣？」

老護士道：「羅老師很堅強，病情沒有繼續惡化，他現在正在做化療，你們在這兒等等吧。我估計還要半小時也就該出來了。」

林家二老看了看這病房的佈置，心裏都稍稍安定了些，這家醫院的情況不會太差。

「爸媽，你們先坐下等等。」林東說道。

林家二老心裏擔憂著羅恒良的病情，誰也沒有心思坐下來。

進了病房，邱維佳的心情也變得沉重起來，完全沒有初到蘇城的興奮感。他摸了根煙叼在嘴裏，剛想掏出打火機點上，立馬就感覺到有冷光射來，抬頭一看，老護士正冷臉看著他。

「先生，醫院不能抽煙。」

邱維佳不好意思的笑了笑，趕緊把煙收了起來，連聲說道：「對不起，對不起……」

苦等了半個多鐘頭，羅恒良終於在護士的攙扶下回到了病房，一進門忽然看見了林家二老，訝聲道：「哎呀，林老哥，你們怎麼來了？」

林家二老瞧見羅恒良如今的模樣，心裏都是一陣心痛，自打進了醫院，羅恒良就沒少做化療，雖然病情沒有惡化，但整個人看上去非常憔悴。

「兄弟啊，你受苦了啊。」

林父上前握住羅恒良瘦骨嶙峋的手，這個樸實堅強的莊稼漢子幾乎要掉下淚來。林母則在見到羅恒良的第一眼就背過臉抹起了眼淚。

「羅老師，還記得我嗎？」邱維佳走上前來，若不是知道今天來見的人就是中學老師羅恒良，他一定不敢相信眼前這個人就是以前那個精神飽滿的羅老師。

羅恒良目光在邱維佳的身上一掃，「是你小子啊，我怎麼能忘記，整個大廟子鎮誰不認識你？怎麼樣，還在鎮政府開車嗎？」

邱維佳搖搖頭，「辭了半年了，現在給林東打工。」

羅恒良目光露出贊許之色，「你們上學時候就是好朋友，現在有出息了，是該相互扶持。」轉而問林父，「老哥哥老嫂子，你們怎麼大老遠的跑來了？」

林母走過來說道：「羅老師，東子要結婚了，我們能不來嗎？」

羅恒良看著林東，「怎麼沒聽你跟我說？」

林東笑道：「乾爹，倩倩懷孕了，剛查出來不久，所以就張羅著把婚結了。」

羅恒良想說什麼，但當著林家二老的面又沒說，「小高是個好姑娘，特別懂事，沒有富家小姐的壞毛病。老哥哥老嫂子，你們有個好兒媳婦哦。」

林母問道：「羅老師，你也認識她？」

羅恒良滔滔不絕的說起了高倩忙前忙後為他做的事情，對這女孩是讚不絕口。這讓林家二老也非常高興，看來這姑娘對他們的好，還真不是裝出來的，心裏很是滿足。

「婚禮什麼時候舉行？」羅恒良問林東。

林東道：「還沒確定呢，結婚證領了，這次我爸媽過來就是要和高倩的爸爸商量一下婚禮的日期。」

羅恒良點點頭，「我乾兒子結婚了，我高興，到時候不管什麼情況我都得參加婚禮。」

林父說道：「你要是不去，我可要罵人的。」

羅恒良拉著林父坐了下來，「老哥哥，你來得正好，陪我下幾盤棋吧。這裏什麼都好，就是缺一個你這樣知心的朋友。」

二人擺開了棋局，本來二人下棋的水準屬於伯仲之間，難分軒輊，但羅恒良剛做過化療，思維明顯要比平常慢了不少，精神也無法完全集中，不到半個小時，第一盤就輸給了林父。

「羅老師，可別讓我啊。」

羅恒良精力不濟，撒手放開棋子，搖頭說道：「不行了，我累得很，只能陪你下一局了。」

林東說道：「乾爹，那你就休息吧。我爸媽住在這裏要有一段日子的，他們一有時間就會過來看你。」

羅恒良笑道：「好，這樣日子就不會那麼難熬了。」

「羅老師，想吃家鄉菜嗎？」臨走之前，林母問道。

羅恒良點了點頭，「老嫂子，還是你知我心啊。」

「下次我和老林來看你的時候，一定做幾樣帶過來給你嘗嘗。」

邱維佳握住羅恒良的手，「羅老師啊，你可一定要保重，我女兒還等著你傳授她知識呢。」

羅恒良開懷大笑，「就因為你這句話，我也得挺過去。」

林東帶著他們離開了醫院，他們走後，羅恒良就虛弱的差點摔倒，幸好有老護士扶著他。

「羅老師，你何必強撐著呢？為什麼不告訴他們實情？」

羅恒良的病情並非他說的那麼樂觀，這陣子一直在惡化，只是他不願讓林東他們擔心。

「劉大姐，你剛才也聽到了，我那乾兒子就快結婚了，要是現在讓他知道我的情況，你說他能安心結婚嗎？那可是孩子一輩子的大事，我不能做那個惡人。」羅恒良含笑說道。

老護士唉聲歎氣，連連搖頭，「希望好人有好報。」

羅恒良叮囑了一句，「可千萬別說漏嘴了。」

「我知道的，你放心吧。」

從醫院出來，林家二老的心情都十分沉重，看到羅恒良病成那樣子，哪還有半點遊覽蘇城的心思。

「東子，你帶小邱去逛逛吧，把我和你爸送回家，我怕暈車，就不去玩了。」

林東點點頭，開車把父母送回了楓樹灣。

邱維佳雖然也很傷心，但離開醫院後，他的心情就恢復了，他想無論他怎麼擔心難過，這對羅恒良的病情好轉並不會有一點的幫助，還不如讓自己活得快樂些。

「林東，蘇城有哪些好玩的地方？」

林東道：「最著名的就屬園林了，我現在就帶你去。」

邱維佳嘿嘿笑道：「那種地方啊，我沒興趣。」

「那你對什麼地方有興趣？」林東不解的問道。

邱維佳賊兮兮的在林東耳邊說道：「你知道的，在家老婆管得嚴，好不容易出來一次，你總得讓哥兒們放鬆放鬆吧？」

看著邱維佳乞求的眼神，林東無奈的搖了搖頭，「兄弟，你知道的，我是不會跟你去風花雪月找女人的，我得對得起懷著孩子的老婆。你如果自己想玩，那就自己玩去吧。」說罷，從錢包裏取出一張卡，「沒有密碼的，隨便刷。」

邱維佳接過了卡，他知道在蘇城這種地方，想玩得起那就得有錢，但轉念一想，還是把卡退給了林東，這倒是讓林東有點詫異。

「你說得對，得對得起在家的老婆。我也不出去耍了，我去溪州市找胖墩和鬼子玩去了。」

林東拍了拍他的肩膀，笑了笑沒說話。

邱維佳看著他的賓士笑道：「林東，這車我就徵用幾天，你開我開來的那輛車吧。」

林東把鑰匙丟給了他，邱維佳得意一笑，開著車就往溪州市趕去了。

下午，林東接到了陶大偉的電話，說是查到了些什麼。和陶大偉約定了地方，林東準時趕到了那兒。

陶大偉穿著筆挺的警服進了門，大步流星走了過來，往林東對面一坐，口中罵道：「這地方可真難找。」

林東笑了笑，給他倒了杯茶，「喝茶是需要靜心細細品味的，真正好的茶社，一般都不會選擇開在鬧市之中，而是會選擇像這裏這種偏僻幽靜的地方。」

外面的氣溫已經升到了三十度，陶大偉的破桑塔納裏空調早就壞了，熱得滿頭大汗，端起一口茶就喝了下去，稍稍解了點渴，嗤笑著說道：「你這傢伙，跟我侃什麼玄機哲理，我只知道渴了的時候能有一杯水喝就行，管它是龍井泡的茶還是白開水，管它是鬧市還是幽巷。」

林東微微一愣，端起杯子，「兄弟，你才是真正得道的高人，來，以茶代酒，我敬你一杯。」

陶大偉哈哈笑了笑，立馬遭來了鄰座幾人的白眼，這才收斂了些，畢竟這種高檔的茶社不是街頭的大排檔，不能大聲喧嘩，壓低聲音說道：「林東，我找到一條線索，我現在被馬成濤看得死死的，所以還得靠你幫忙。」

林東微微笑道：「你說這話就見外了，明明是為我查的案子，有需要的地方我自當效力。」

陶大偉搖搖頭，「就算不是你，我作為一個員警，也有義務將不法分子繩之於法！」

「說吧，什麼線索？我該怎麼配合你？」林東問道。

陶大偉道：「抵雲灘的別墅明明是金河谷的，我沒想到那麼快別墅就變成別人的了，我找了可靠的人打聽了才知道，居然說那別墅是兩年前就已過戶給他的。」

林東吹了吹白瓷杯裏的茶水，理了理思緒，緩緩說道：「很顯然，金河谷是想要跟萬源徹底擺脫關係。他金家財大勢大，省內哪個地方都有人，要辦手續那還不是簡單的事情。」

「看守萬源的人全部都是老馬的心腹親信，我現在還沒想到辦法接近萬源。眼下我能想到的唯一的線索就是剛才跟你說的了。那天我湊巧見到了那人，一看就是個癆病鬼，抵雲灘別墅如此豪華，造得跟城堡似的，豈會是他買得起的？這其中疑點重重，就連外行人都看得出來，但老馬卻把這案子壓了下來，他在局裏一向獨斷專行，這麼做了，誰也不敢吭聲。他現在睜開眼皮天天盯著我，我大部分的精力都用來應付他了。林東，你去查那個人，從那人身上入手，或許能夠挖掘出什麼有用的資訊。」

林東點了點頭，「你還掌握了其他什麼資訊沒？否則這茫茫人海的，你讓我哪去找你說的癆病鬼？」

陶大偉咧嘴一笑，掏出手機，把手機裏的一張照片發給了林東，「好不容易才弄來的，你小子儘快點。」

林東打開一看，這人的臉色有點像羅恒良昨晚化療後的臉色，心知必然是個身患重病之人，點了點頭，「我儘快。」

陶大偉像是想起了一件事情，「對了，劉安他們三個聯繫你了沒？」

林東搖了搖頭。

「他們三個昨天就已經辦好了離職手續，臨走前還找了我，我以為會聯繫你的，奇怪了，他們不是想馬上去你的公司上班的嗎？」陶大偉沉吟道。

林東說道：「你把劉安的手機號碼給我，你的這三個兄弟是為了做事而受到了牽連，我林東不能不管。他們丟了工作，我就給一份賺錢更多更輕鬆的給他們。」

「你存一下。」陶大偉打開通訊錄，把劉安的手機號碼報了一遍，「好了，事情說清楚了，我就走了。」

林東坐了一會兒，把白瓷杯裏的茶水喝完，這才離開了茶社。

回到家裏，林東翻出了陶大偉發給他的照片看了看，仔細一琢磨，找到新存的劉安的號碼撥了過去，電話很快就接通了。

「喂，哪位？」劉安剛丟了工作，心情自然不怎麼好，這會兒正跟家裏的媳婦冷戰。他媳婦剛知道他辭了員警這份收入穩定且福利很好的工作，氣得差點要跟他離婚，現在正關上門抹眼淚。

林東聽出了劉安語氣中的煩躁，呵呵笑道：「安子，是我，林東。」

劉安沒想到林東會親自打電話給他，一時激動的不知道該怎麼說了，他早就從陶大偉那兒要來了林東的電話，但仔細一琢磨，覺得林東那天說的話可能是酒後之言，算不得數的，正在猶豫不決之中，林東的電話就打來了。

「林總，你怎麼打電話來了？」

林東笑道：「我等你們打電話給我，可一直沒等到，無奈只有主動打給你們了。我聽大偉說了，你們昨天就辦好了離職手續，那為什麼還沒打電話給我呢？」

劉安的心情是感動之中夾雜著激動，不過他是警校畢業的高材生，心理素質過硬，縱然內心波濤洶湧，也未表現出來，深吸一口氣，淡定的說道：「我們正想打給你呢，只是怕你事情太忙，打擾了你。」

「跟我還需要客氣嗎？你們都是大偉的好兄弟，也就是我林東的好兄弟。電話我就不一一打了，你替我通知小陳他們，你們明天到蘇城去，我會在金鼎投資公司裏等你們。」

劉安心中懸著的一塊巨石終於落地，「林東，感謝的話我就不多說了，以後看我們兄弟的表現吧。」

林東笑著掛了電話，剛想出去吃晚飯，手機就響了，一看是柳枝兒打來的電話。

一接通電話，就聽柳枝兒在電話裏興奮的說道：「東子哥，我被選上了！」

這是他前些日子就已知道的，林東想想都覺得要佩服高倩的胸襟，明明知道柳枝兒跟他的關係，還將公司重資投拍的重頭戲主角給了她，換做是他，林東自問難以做到。女人心海底針，有時真不知她們到底是怎樣的一種心理。

「枝兒，恭喜你。」

林東微微一笑，語氣十分平靜。

柳枝兒道：「東子哥，你是不是不高興啊？我知道你一直都不願意我演戲的，可我喜歡表演。」

林東笑了笑，「我沒有不高興，能被選上，那是你努力的結果。枝兒，我會為你高興的。」

「那你今晚能來我這兒嗎？我已經有好些日子沒有見到你了？」柳枝兒咬著紅

唇羞澀的問道。

「好，我今晚過去。」

掛了電話，林東往沙發上一倒，心裏十分矛盾，不知該不該告訴柳枝兒他已經和高倩領證結婚的消息。今天無意是柳枝兒值得慶賀的日子，他怕說出來會破壞柳枝兒今晚美好的心情。

「唔……」

林東躺在沙發上，也不知過了多久，直到柳枝兒再次打電話過來問他何時過來的時候，林東這才起身出了家門。

到了春江花園，一進門就聞到了家鄉菜的味道。

柳枝兒還在廚房裏忙著，聽到了開門的聲音，手裏拿著勺子就跑了過來，「東子哥，餓不餓？還有兩道菜就好了。」

林東看到餐桌上滿滿桌子的菜，全部都是懷城的特色家常菜，愛憐的看了看柳枝兒，「做那麼多幹什麼，吃不完的。」

「今天高興，我還買了酒呢。」柳枝兒笑著說道，「你先看會兒電視，我馬上就好了。」

林東坐了下來，實在狠不下心說出口，只是理智告訴自己，這事情遲早都是要讓柳枝兒知道的，不該瞞著她。有時他真的很恨自己，其他事情上面都能做到果斷決然，為何偏偏只有感情問題一直瞻前顧後呢？

柳枝兒做好了剩下的兩道菜，朝林東笑道：「洗手吧，開飯了。」

從洗手間裏出來，柳枝兒已經替林東準備好了碗筷，在她對面的桌上放著一只酒杯，裏面斟了滿滿一杯酒。

「東子哥，快坐下。」

柳枝兒的臉上寫著滿滿的喜悅，幸福來得太過突然，當得知她通過海選並將擔任東華娛樂公司新劇女主角的時候，幾乎不敢相信自己所聽到的，就是看到所有參加海選的競爭對手朝她投來既羨慕又不平的目光之時，她也覺得是所有人都在跟她開玩笑。

不過，很快她就平靜了下來，因為她見到了小說原著的作者劉根雲大師。劉根雲對她的一番盛讚，讓她對自己充滿了信心。是啊，正如劉根雲所說，這部劇本身就是為她量身訂做的。

柳枝兒欣喜若狂，只在片場跑過幾回龍套的她，怎麼也沒想到自己那麼快就被選作了主角，細細數來，她隨林東來到江南還不到半年。時間是這麼的短暫，而她的人生就要改寫了。

「東子哥，第一杯酒我想感謝你，如果不是你帶我來這裏，我不會見識到外面的世界有多繁華，不會開啟另樣的人生之途。」

柳枝兒端起酒杯，一口乾了，辛辣刺鼻的酒氣在她的腸胃臟腑內沖蕩，讓她感到無比的難受，閉緊眼睛，眼淚都流了下來。

「枝兒，喝這麼猛幹什麼，找醉啊！」林東連忙呵斥，「別喝了，趕緊吃菜，你的酒量怎麼能喝得下這麼些。」從柳枝兒手裏奪過酒杯，柳枝兒這才作罷。

「東子哥，你看著我，你說我能成為大明星嗎？」柳枝兒笑著問道。

林東目光之中流露出濃濃的愛意，在他所愛的幾個女人之中，可以說對柳枝兒的感情是最複雜的。他曾一度以為自己將這輩子都失去這個女人，這也曾令他一蹶不振，但好在上蒼眷顧，讓柳枝兒又重新回到了他的懷抱。失而復得的愛情，所以他格外的珍惜。

「我的枝兒就快變成大明星了，我都不敢想像。」林東微笑著說道。

柳枝兒咯咯笑了起來，笑容是那麼的純真，就如冬日裏的陽光，給人無限的溫暖，「我也不敢相信，到現在我都害怕明天早上一起來他們打電話告訴我，說昨天是跟我開了個玩笑。」

林東搖了搖頭，「傻丫頭，別瞎擔心了。」

酒氣開始上湧，在酒精的作用之下，柳枝兒白皙的皮膚變得紅潤起來，兩腮像是抹了胭紅，平添了幾分妖豔之感。她握住林東的手，目光清澈的如一泓幽泉，「東子哥，高倩就是這家公司的老闆是不是？」

林東身軀一震，沒想到柳枝兒會在這時候問他這個問題，想了一下，沒有掩飾也沒有隱瞞，點了點頭。

「是不是你讓她選我的？」柳枝兒繼續追問。

「枝兒，你想多了，你能擔任女主角，那完全是你自己的實力，我從未在高倩面前提過你。」林東道。

柳枝兒搖了搖頭，「你肯定是在騙我，我都聽他們說了，說老闆特別關注我。那麼多比我漂亮而且又是正規藝術學校畢業的都沒競爭過我，這讓我實在不敢相信，我有那麼好嗎？」

林東鄭重點了點頭，「你要相信自己，你能在萬千競爭當中勝出，靠的全是自己的實力。」

柳枝兒笑著點了點頭，「我可以不相信其他人的話，但我一定會相信東子哥的話！」

「枝兒，其實今晚我也有話想要對你說。」林東說完，看著柳枝兒的臉，查探她的反應。

柳枝兒的臉色忽地變得灰暗起來，帶著悲傷的語調說道：「你是不是要跟我說高倩結婚了的事？公司裏已經傳開了。東子哥，恭喜你們。」

林東一愣，原來他想說不敢說的事情，柳枝兒早已知道了。

「枝兒，我……」

柳枝兒抬頭笑道：「東子哥，你千萬不要覺得對不起我，我早就對你說過的，高倩能陪你度過困難時期，你可以對不起千萬人，也不能對不起她。有她這樣的女人照顧你，我也不必為你擔心了。」

林東歎了口氣，這兩個本該是站在敵對立場上的女人，居然都說出了欣賞對方的話，不吝讚美之辭稱讚對方。這令他越來越覺得女人的心思難以捉摸，果然，對於男人而言，女人是要花一輩子都不一定能讀懂的一本書。

「枝兒，你們都讓我覺得自己是個混蛋啊。」林東歎道。

柳枝兒淡然一笑，「東子哥，你真的不必自責，我現在還能跟你在一起，我這輩子都無憾了。你知道嗎，當我嫁給王東來的那一天，我覺得我的生命自那天起就陷入了黑暗之中，再也不會有一絲陽光照進來。直到再次遇到你，我才發現我的希望不曾斷絕，因為我從你的目光中，看到了心痛與愛憐。」

林東的眼淚無聲的滑落下來，不禁在心中感歎，老天爺對他真的是不薄。

「枝兒，放心吧，以後我們也會在一起，高倩早就知道了你的存在。」林東說道。

柳枝兒驚訝的說不出話來，愣了半晌才說道：「這怎麼可能？」

林東簡要的說了一下，「很奇怪，她也曾對我說過你很好，我跟你在一起她不用擔心。」

柳枝兒怔怔出神，「我是該好好謝謝她了。」

「吃飯吧，今天是大喜的日子。枝兒，快吃菜，都快涼了。」

吃過了晚飯，柳枝兒洗了澡鑽進了被窩裏，躺在林東的胸膛上，忽然揚起了頭，「東子哥，我想為你生個娃娃！」

「啊？」

林東訝聲道，心想怎麼和蕭蓉蓉說的一樣？

柳枝兒咬著嘴唇，目光十分堅定，「我想生個屬於我們兩個的娃娃，你說好嗎？」

自從蕭蓉蓉對他說過這句話之後，林東已經能把握得到她們的心理了，她們都是得不到名分的女人，或許只有孩子才能成為她們最大的寄託。

林東點了點頭，柳枝兒閉上眼睛，奉上了火熱的紅唇。

第九章

千金姐妹情深

高倩與郁小夏自幼便認識，有極深的感情，親如姐妹。郁小夏性格孤僻，除了高倩之外，再沒有別的朋友。在這個驕縱的千金大小姐心裏，似乎高倩已成為她的專屬，乍聽高倩的婚訊，只覺晴空霹靂，平地上炸響一聲驚雷，氣憤、惱怒、嫉妒等情緒在她狹隘的心胸之中碰撞摩擦，終令她失去了理智，在熬過了漫長的黑夜之後，駕車風風火火的找上了門。

第二天一早，柳枝兒就收拾好了行李。她告訴林東，為了能儘快讓她成為一個合格的演員，公司特別為她請了老師，要對她進行為期一個月的封閉式訓練。

林東開車把她送到公司，而後便開車趕往了蘇城。

中午未到，劉安就打來了電話。

「林總，我們哥仨兒都在你公司樓下了，你在公司嗎？」

林東笑道：「在，正等著你們呢。」

掛了電話，林東來到電梯門口，劉安三人一出電梯就看到了他。

「三位，歡迎你們加入金鼎投資公司！」林東伸出手，與三人一一握手。

這三人都未想到林東會親自出迎，都有一種備受重視的感覺，這一下子就有了種「士為知己者死」的想法，心想這次真的是因禍得福，遇到了好老闆了。

「三位請跟我來吧。」林東笑著說道，走在前面，把他們帶到了楊敏的辦公室裏。

「小楊，這三位是新來的同事，你為他們辦一下入職手續。」

見是老闆親自帶來的人，楊敏不敢怠慢，連忙過來打招呼，很快就和劉安三人熱絡的聊了起來。

「林總，他們安排在哪個部門？」楊敏問道。

林東笑道：「老紀的那個部門，小楊，辦好了入職手續之後，把他們三位帶到我的辦公室去。」

林東回到辦公室，打電話把紀建明叫了過來。紀建明推門走了進來，「林總，找我啥事？」

「待會給你介紹三位新同事，都是你們部門的，用好了絕對都是好樣的。」林東笑著說道。

紀建明在沙發上坐了下來，等了一刻鐘左右，楊敏就把劉安三人領了進來。做了情報工作那麼久，紀建明一眼就看出這三人不賴，心中一喜，以後手下又多了幾個精兵。

「三位，坐吧，我給你們介紹一下。」林東指了指沙發。

還沒等林東開口介紹，紀建明主動開口說道：「你們好，我叫紀建明，情報收集科的主管，歡迎三位加入金鼎投資公司，以後我們就是一個部門的同事了，希望三位能夠支援我的工作。」

劉安三人依次與紀建明握了手，各自也都介紹了一下自己。

紀建明聽了嚇了一跳，這才知道原來這三人以前都是員警，難怪看上去有股子不同於常人的氣質。紀建明往林東瞧了一眼，還真是不明白林東是怎麼把這三名員警弄來的。

「老紀，這三位我暫時有專用，你帶他們熟悉熟悉一下公司，完了再讓他們來我這兒一趟。」

林東說完，紀建明就對劉安三人說道：「三位，請跟我來吧。」

帶著劉安三人在公司裏逛了一遍，主要是讓他們認識認識人。金鼎投資公司雖然現在規模還算不上大，但已經有了幾百個員工。劉安三人做了幾年員警，看人的眼力還是有的，他們很容易看得出來，在這個公司工作的員工大多數都是感到幸福的，這是林東治理公司有方的最佳佐證。

回到林東的辦公室，劉安三人就開始靜靜等待林東給他們下達的第一個任務。

林東關上了辦公室的門，把老牛的照片發到了劉安的手機上。

「三位，我要你們替我調查一個人。」

劉安拿起手機，「林總，是這個人嗎？」

林東點了點頭，「對，具體情況你們可以打電話問大偉，他會跟你詳細說說。切記一點，只要打聽到有用的資訊就可以，千萬不要打草驚蛇。」

三人一笑，齊聲說道：「林總，您就放心吧，我們懂得分寸。」

紀建明給劉安三人安排好了辦公室，林東將公司裏的事情處理完畢，然後就開車去了楓樹灣。

到了樓下，一眼就看到了高倩的車停在路上，坐電梯進了屋裏，果然見到了高倩，她正和林母坐在沙發上看電視。另一邊，林父正在和郭猛對弈，二人殺得難解難分，就連他走了進來也無人發覺。

林東在高倩身旁坐了下來，摸了摸她的肚子，柔聲問道：「今天感覺怎麼樣？」

高倩內心充滿了前所未有的幸福，看著林東說道：「沒什麼感覺。」

林母道：「哪能那麼快，再過一兩月才會有反應呢。」

林東笑了笑，「我是太著急當爹了。」

林母看了看時間，「不早了，該準備晚飯了。倩倩啊，今晚我讓你嘗嘗我們懷城的菜，作為懷城人的媳婦，你應該吃一次懷城菜。」

高倩站起來跟林母朝廚房走去，「媽，我給你打下手，跟你學做懷城菜。」

林母堵在廚房門口，「這可不行，你現在可不能操勞。廚房油煙味太濃了，對肚子裏的寶寶不好，趕快回去看電視。等你生完了寶寶，我再傳授你做懷城菜的技巧。」

白楠走了過來，「是啊倩小姐，林嫂子說得沒錯，你去看電視吧，我來給林嫂子打下手。」

回到客廳裏，高倩想要跟林東單獨說說話，便說道：「老公，白阿姨說我每天要進行適當的運動，最好就是散散步，你陪我下去走走吧。」

「好啊。」林東扶著高倩下了樓。

二人走在楓樹灣社區裏的綠蔭道上，晚風從社區旁邊的大湖上飄過來，帶著些許潮濕，吹在人的身上很是舒服。牽手漫步了一會兒，高倩才說道：「老公，我做了個決定。」

林東笑問道：「什麼決定啊？」

高倩停下腳步，仰起頭看著林東，「我決定把東華也交給你管理，等孩子生下來之後，我就在家裏做個全職太太，相夫教子。」

「為什麼？」林東頗為震驚，一直以來，高倩在他眼裏都是個很要強的女人，他知道要一個女強人放棄自己的事業，那幾乎是不可能的事情。

高倩撫摸著還是平坦的小腹，全身散發出母性的光輝，「有了小傢伙之後，我才明白世上對我最重要的是什麼，就是你和肚子裏的小傢伙。我的這輩子註定是要為你們而活的。我要好好撫育他，全身心的撫育他。」

林東笑道：「你現在不就是這樣嗎，公司還可以繼續管理的，我怕你待在家裏太久了會覺得悶，東華還是你來管理吧，不管賺不賺錢，就當是給你解悶的吧。」

高倩搖了搖頭，她已下了決心，「你知道的，只要我沒卸任，那麼我身上的重擔就不會解除。只有你接替我管理東華，我才會完全不再理會那邊的事情。相反，只要我還是東華的總經理，那麼不管如何，我都會追求更好。這點你該明白的。」

林東猶豫了一下，說道；「好吧，那我暫時就替你先接手，如果你哪天在家裏待膩了，那麼隨時歡迎你回來。」

「老公真好。」高倩甜甜一笑，摟住林東的胳膊，迎著落日的餘暉，他們繼續往前走去。

沿著社區裏的綠蔭小道走了三圈，林東不敢讓高倩走太久，便扶著她往家裏走去。高倩這些日子活在濃得化不開的幸福當中，感覺全世界都像是圍著她轉一樣，所有人都對她那麼的好。

「老公，等我生完了寶寶，你還會不會對我那麼好？」

林東笑著點頭，「傻瓜，別胡思亂想了，我會一直疼你愛你的。」

高倩靠在他的肩膀上，悠悠道：「好懷念那時候在元和的日子，我們一起進公司，你經常對我愛理不理的。也不知怎麼的，身邊那麼多條件比你好的追我，我就是被你吸引了。你越是疏遠我，我越是不甘心，久而久之，我就淪陷了，白天上班想的是你，晚上睡不著想的還是你。」

林東心中湧現出無限愛意，摸了摸高倩的臉，「倩啊，你可知道我當時只是個一窮二白的農二代啊，我怎麼敢奢望什麼呢？尤其是你這樣的富家千金，無論你對我多麼好，我心裏都覺得這不是真實的，我是害怕我自己誤解了你的心意。」

「你越害怕，你就越誤解我了。」高倩在他胸口捶了一下，「壞人，害我很多天都吃不好睡不好。」

林東哈哈笑道：「當時你總是愛為我打抱不平，我還以為你有一顆俠女之心呢。」

「你說的是徐立仁吧，那傢伙，我看見他就煩。就算不是你，他敢冷嘲熱諷其他人，我也不會沉默的。」高倩說道。

「你還是個俠女。」林東笑道。

「那是，不看看我爹是誰，那是江省有名的大俠，受他恩惠幫助者遍佈天下。」高倩驕傲的說道。

回到家裏，林母已張羅了一桌懷城家常菜，見林東小倆口子回來，笑著說道：「趕緊洗手吧，吃飯了。」

林東和高倩洗了手，林父和郭猛在林母的幾次催促之下，終於離開了棋盤。

「林大伯，待會咱們繼續下啊，我想到了幾招好棋，你待會可得小心了。」郭猛和林父下了一下午，一局都沒贏過，這讓他頗為惱火，絞盡腦汁想著要贏一回。

「你小子有什麼招數儘管使出來，我就怕你跟我有所保留呢。」林父哈哈笑道。

一家人圍著餐桌坐了下來。

林東為高倩介紹了桌上的每一道菜，雖然看上去樣子沒有蘇城菜精細，但吃到嘴裏味道卻是非常的棒。高倩、郭猛和白楠這幾個蘇城人讚不絕口，對林母的手藝更是推崇有加。

吃過了晚飯，白楠和林母收拾了碗筷。林父和郭猛則繼續在楚河漢界之間廝殺。

到了晚上八點，高倩才提出要回家。自打懷孕之後，她愈發的希望林東能陪在她身旁，有林東在身旁的安全感，是其他人誰也無法取代的。到了樓下，高倩叫住林東，「老公，你的朋友今天怎麼沒來？」

林東笑道：「他啊，去找其他幾個朋友了，怎麼了？」

「那你跟我回去好不好？我想你摟著我睡覺。」高倩嘟著粉嫩的小嘴說道。

林東笑道：「走吧，上我的車，去你家。」

「什麼去『你』家？現在那也是你家。」高倩立馬糾正了林東的錯誤。

開車來到高家，郁天龍正好準備回家，瞧見林東倆口子下了車，哈哈笑道：「倩倩啊，剛才你爸才告訴我你結婚了。等到婚禮的那天，天龍叔叔一定給你包一份大紅包！」

林東走了過來，和郁天龍打了招呼。

郁天龍看著林東，飽含深意的笑道：「你小子真是有福氣，一定要知道感恩，我告訴你，若是你以後敢對倩倩不好，我郁天龍第一個收拾你。」

林東哈哈一笑，「郁叔叔，有你這話，我這輩子都不敢大聲對高倩說話了。」

「好了，你們小倆口子早點休息吧，我走了。」

郁天龍一甩手，邁步朝他的車走去。

林東和高倩進了大宅，高紅軍聽到了聲音，從書房裏下了樓，見到了女兒，立馬笑臉相迎了上來，「倩倩，我讓馮媽煲了湯，你喝點。」

高倩點了點頭，高紅軍拉著她的手問道：「今天有沒有不舒服的地方？」

高倩朝林東看了一眼，「爸爸，你怎麼跟林東一樣，不就是懷個孩子嘛，至於讓你們擔心這擔心那的嗎？我好著呢，一切正常。」

高紅軍哈哈一笑，「你爹這輩子從未這麼緊張過，唯獨你懷孕這次，我是寢食難安，只有等你順順利利的產下了我的外孫，我才能放下心來。」

「爸……」高倩眼圈一紅，眼淚已經在眼眶中打轉，懷孕之後，就連情感也變得豐富起來。

高紅軍見高倩淌眼淚，立馬替寶貝女兒擦去淚水，「哎呀，這孩子好端端的哭什麼，心情可不能大起大落的，對我外孫不好。」

高倩破涕為笑，「我又不是玻璃做的，你們別那麼緊張了好嗎？」

高紅軍看著林東，問道：「聽倩倩說，你爹媽都來了？」

林東一點頭，「昨天下午到的。」

高紅軍笑道：「好嘛，明兒個擺一桌，兩家人坐一起好好聊聊，把你們的婚禮日期敲定下來。儘快把喜宴擺了，等倩倩肚子大起來的時候，就不能穿婚紗了。」

林東笑道：「那就明天中午吧，爸，你看安排在哪裏合適？」

高紅軍沉吟了一下，「親家遠來，那是客啊，理當請到家裏來。我看也別去飯店了，就接到我這兒來吧。大家一起吃頓便飯，最主要的是把你們的事商議了。」

高倩立馬表示贊同，「家裏好，比較適合商量事情。」

林東點點頭，「那我明天上午去接他們過來。」

高紅軍擺擺手，「不用你忙活，我派車去接。他們是我的貴客哩。」

林東怕父母怕生，便說道：「那就讓郭猛去吧。」

高紅軍點了點頭，「你說讓誰就讓誰去。好了，林東，你帶高倩上樓休息去吧，她現在不能熬夜。」

當天夜裏，高倩枕著林東的臂彎，一夜睡得十分香甜。第二天一早，林東正帶著高倩在院子裏遛彎，就見一輛好車迅速的朝高家大宅開了過來。近了一些，林東才發現是一輛奧迪。

「小夏來了。」

高倩認識這車，果然，車子一直開進了院子裏，車門一打開，郁小夏的玉腿就先邁了出來，繼而一陣風似的走到高倩面前。

郁小夏惡狠狠的朝林東看了一眼，轉而問高倩，「倩姐，我爸說你要結婚了？

這是真的嗎？」

高倩笑道：「小夏，郁叔叔會拿我的婚事開玩笑嗎？傻孩子，當然是真的了。」

郁小夏渾身一顫，淚水如決堤之江河，狂湧而出，似乎整個人一瞬間就崩潰了。

「小夏，你這是怎麼了？」高倩連忙問道，心中焦急，出了一身的汗。

郁小夏抹著眼淚，朝高倩大吼道：「你結婚為什麼不跟我商量？為什麼不徵得我的同意？」

這話令林東和高倩都是一愣，林東的第一感覺就是，郁小夏難道糊塗了？這是什麼邏輯？

「小夏，你安靜些。我結婚了，你該祝福我才對啊。」高倩急雖急，但並未亂了方寸，苦心安慰郁小夏。

郁小夏連連搖頭，「倩姐，我就你這麼一個朋友，一個姐妹，你知道嗎？你結婚了，我怎麼辦？」

高倩拉著她的手，「小夏，我結婚了依然是你姐姐，依然是你的好朋友啊。」

「不，不是了！」郁小夏嘶吼，指著林東說道：「結婚了你就只屬於這個男人了！他將會是你的一切，你的生活之中再也容不得其他，我們就不再是好姐妹了。」

「小夏，你和倩倩的情誼不會變的。」林東覺得自己很委屈，莫名其妙的像是當了惡人。

郁小夏臉上閃過狠毒的笑容，目光在林東和高倩的身上來回移動，「我早該阻止你們的，臭男人，是你，是你搶走了我的倩姐！」

郁小夏一大早就上門來大吵大鬧，這事驚動了高紅軍，當他從山上下來，一進門就看見了哭成了淚人的郁小夏，立馬走了過來。

「怎麼回事？」高紅軍問高倩。

高倩歎了口氣，「小夏不希望我結婚。」

高紅軍一愣，看著郁小夏，「小夏，你倩姐姐說的是真的嗎？」

郁小夏撲進高紅軍的懷裏，「大伯，你不要讓他們結婚，這個男人會搶走倩姐的。我不要他們結婚，嗚嗚……」

郁小夏哭哭啼啼的表述了自己的意思，倒是把這個叱吒江湖多年的大佬嚇了一跳。高紅軍茫然的看著高倩，「這到底怎麼回事？」

高倩一臉的無奈，「爸，你快把郁叔叔叫過來吧。」

高紅軍一扭頭，對身後的李龍三道：「打電話給天龍，要他火速趕來！」

李龍三一點頭，走到角落給郁天龍打了個電話，將此間的事情簡單的描述了一下，郁天龍也未想到女兒會到高家胡鬧，立馬動身朝高家大宅趕來。

郁小夏伏在高紅軍的胸膛裏，一陣陣的抽泣，似是受了極大的委屈。

高紅軍與郁天龍親如兄弟，高倩與郁小夏自幼便認識，高倩長她兩歲，二人一起長大，有極深的感情，親如姐妹。郁小夏性格孤僻，除了高倩之外，再沒有別的朋友，這種狀況一直從她年幼之時便存在了，一直延續到今天。在這個驕縱的千金大小姐心裏，似乎高倩已成為她的專屬，乍聽高倩的婚訊，只覺晴空霹靂，平地上炸響一聲驚雷，氣憤、惱怒、嫉妒等等情緒在她狹隘的心胸之中碰撞摩擦，終令她失去了理智，在熬過了漫長的黑夜之後，駕車風風火火的找上了門。

見郁小夏這樣，高倩心裏也是十分難過，握緊林東的手，淚水已在眼眶裏打轉。

「小夏，別在外面站著了，跟大伯回屋裏去。」

高紅軍拍拍郁小夏的後背，郁小夏哭得太過傷心，身子一陣陣顫抖。這麼一個漂亮的女孩，哭得如此的淒慘，任誰看了都難免心痛。高紅軍見他的話沒起到作用，只得朝高倩望去。

高倩讀懂了父親的眼神，走了過去，在郁小夏背後柔聲的說道：「小夏，有什麼事情，你跟倩姐到房間裏說吧。」

高倩的話果然管用，郁小夏聽了之後，哭聲弱了下來，放開了高紅軍，轉身紅著眼看著高倩。高倩拉住她的手，郁小夏默默的跟在她身後，隨她進了屋裏。

高紅軍到現在還有點雲山霧罩的感覺，盯著林東問道：「小子，這是什麼情況？」

林東聳了聳肩，攤開雙手，「老爺子，我也不知道啊。小夏一大早跑來，看著我的那眼神就像是要殺我似的，搞得我也一頭霧水。」

高紅軍的目光忽地收緊，如利刃般掃過林東的臉，心中暗道，該不會這小子暗地裏把小夏也招惹了吧？若非如此，小夏為何不讓倩倩結婚呢？事情還沒弄清楚，高紅軍只是冷冷的看了林東一眼，就轉身進了屋裏。

林東站在院子裏，李龍三嘿笑著走了過來，「怎麼樣，高家的女婿不好當吧？」

林東無奈的說道：「三哥，你說我冤枉不？」

李龍三在他肩膀上拍了幾下，「別喊冤，沒用的。五爺不瞭解情況，我看出來了，小夏是離不開倩小姐，她是認為你搶了她的『愛人』，所以來跟你拚命哩。」

「我怕的就是這個。她們姐妹情深，如今這可怎麼辦是好？」林東臉上掛滿擔憂之色，好端端的事情，就被郁小夏這麼攪合了。

李龍三道：「這你就放心吧，等五爺弄清楚了情況，他不會讓小夏胡來的。」

說話間，郁天龍的車就到了。車還未停穩，郁天龍肥碩的身軀就落了地，一個踉蹌，差點摔倒。

「龍三，怎麼回事啊？」

李龍三知道情況，但那話他不好說出口，只能裝作不瞭解情況，「四爺，我也不知道啊，小夏小姐一到這兒就鬧起來了。」

郁天龍的臉色不大好看，疾步朝門內走去，進了門，瞧見高紅軍正坐在客廳裏，面色鐵青，趕緊問道：「五哥，那丫頭呢？」

高紅軍指了指樓上，「在倩倩的房裏。」

郁天龍氣喘吁吁，十分的生氣，怒氣沖沖的說道：「我去把她揪下來！」

「回來！」高紅軍一聲喝斥，把郁天龍給叫住了，「天龍，你這火爆的脾氣能否改一改？」

郁天龍頓時停下腳步，轉身急躁的說道：「五哥，到底怎麼回事？」

高紅軍已大概想明白了，雖然以他的年紀很難接受郁小夏的心理，但他畢竟是個聰明人，稍稍冷靜下來，便理清了頭緒，「天龍，你先坐下，這件事先讓倩倩處理。如果她處理不好，那麼只能由你這個當爹的出馬了。」

郁天龍急得火急火燎，忙問道：「五哥，你就別瞞著我了，我快急得爆炸了，小夏到底怎麼了？」

高紅軍瞧了一眼李龍三，有些話他說不出口，只能借李龍三之口說出來，「龍三，你說給天龍聽聽。」

李龍三清了清嗓子，微微笑道：「郁四爺，我說出來你可別急躁，一定得按住脾氣。」

「說！」郁天龍對著李龍三吼道。

李龍三收起笑容，「郁四爺，可能是小夏小姐喜歡上倩小姐了。」

「嗯？」

郁天龍眉頭擰成一團，「什麼意思？」

李龍三一拍大腿，豁出去了，拚得挨一頓罵也得說清楚，「四爺，您還沒聽明白嗎？你們家小夏小姐她不讓倩小姐結婚，她要霸佔倩小姐！」

郁天龍只覺腦子裏「嗡嗡」地響個不停，心中震駭莫名，忽地站了起來，指著李龍三叫罵：「李龍三，你說什麼？我的女兒哪裏不正常了？」

李龍三一攤手，「四爺，您別罵我，我就是實話實說，不信待會您親自問問小夏小姐好了。」

郁天龍脾氣火爆，聽了這話怒不可遏，撲上去就要揍李龍三，幸得高紅軍從旁阻撓。

「天龍，鬧夠了沒有！」

雷霆怒喝在客廳中傳蕩開來，一時間場中安靜異常，再無人說話。高紅軍已有很多年沒發過火了，但這並不代表他沒了脾氣。剛才這一喝，立即見了效果。郁天龍這個天不怕地不怕的傢伙也馬上安靜了下來。

林東指了指樓上，高紅軍一點頭。

「爸，我上去看看。」

林東來到高倩的房間門前，聽到裏面只有低低的啜泣聲，除此之外，聽不到別的聲音。林東推開一點門縫，朝房間裏望去，見郁小夏趴在高倩的大床上，身軀仍不住的抽動。

高倩坐在床邊上，不住的歎氣。

「小夏，你不該這麼想的，我們都是女人，我們不可能在一起的。我和你之間只是姐妹之情。我沒有兄弟姐妹，一直將你當做我的親妹妹，所以從小就疼愛你。姐姐現在要嫁人了，嫁給一個姐姐深愛的男人，這讓姐姐感到很幸福，你應該祝福我們。至於你，我相信終有一天你也會找到喜愛的人，你也會得到幸福，請相信我！」

郁小夏捏緊粉拳不停的捶打著大床，「我不。我不愛男人，男人沒一個好東西，他們是不會真心真意的愛一個女人的。」

林東站在門外，聽了這話又好氣又好笑，郁小夏像是個飽經感情傷害的女人似的，從未談過戀愛的她，怎麼對男人就這麼沒有信心呢？心道這女人太過執拗，這事情看來不是那麼容易解決的。

高倩好話說盡，郁小夏就是不聽，只能一聲聲的歎氣。

林東急得如五內俱焚，高倩現在懷著他的孩子呢，可不能受這樣的氣的，心道你可以欺負我，但你要是欺負我的老婆孩子，那我可就饒不了你了。當下一衝動，推開了門。

第十章

逐漸喪失的兄弟關係

林東搖了搖頭，看來自從胖墩和鬼子在他手底下討生活之後，他們之間就不再是單純的兄弟關係了。

他心裏湧起一陣悲涼之感，是否人達到的地位越高，朋友就會越少呢？

郁小夏聽到腳步聲，抬頭看了一眼，指著林東罵道：「你給我滾出去，滾！」

林東冷笑著走了過來，走到床邊上，往大床上一倒，一副流氓模樣。高倩微微蹙眉，這兩個冤家聚在了一起，那還不得鬧翻了。

「林東，你怎麼進來了？出去吧，我正和小夏談心呢。」

林東笑道：「我怎麼就不能進來了，我們都領了證了，是合法的夫妻了，我以後天天晚上都要摟著你睡在這張大床上。」

郁小夏氣急了，拿起枕頭就朝林東身上砸去。林東手一伸，一把把枕頭搶了過來，再一甩手，「啪」的一聲脆響，郁小夏的臉上便出現了五道指印。

高倩一驚，她怎麼也沒想到林東會出手打小夏，訝聲叫道：「林東，你這是幹什麼？快給我出去！」

這一巴掌讓郁小夏安靜了下來，從小到大，父親對她溺愛有加，從未動過她半根指頭，這麼多年來，她這是第一次被人打，而且是被她極為討厭的一個人。

「瞪什麼瞪？」林東冷笑道：「你覺得挨了一巴掌不服是嗎？」

郁小夏瞪著眼珠子，「你憑什麼打我？」

「告訴你，我林東從來不打女人，但今天為你破例了，想知道為什麼嗎？因為你不是個女人！」林東四仰八叉的躺在床上，毫不避諱郁小夏的目光，迎著她的目光說道。

郁小夏一怔，「你憑什麼說我不是女人？」

林東冷笑道：「這個問題問得好啊！你要是女人，為什麼要纏著高倩不放？你要是個正常的女人，為什麼不去找個男人好好愛你？」

「我……」郁小夏無言以對。

「讓我來告訴你原因吧，郁小夏，你是個自傲自大的人，不把天下男人放在眼裏，認為他們都配不上你是不是？」林東的語氣咄咄逼人，一連串的問題問得郁小夏胸口猶如被大石壓著，喘不過氣來。

「你胡說！」郁小夏想了半天，她不得不承認，林東說的每一句話都是對的，她找不到藉口為自己辯解。

林東哈哈一笑，「我有胡說嗎？你倩姐跟我說過，追你的男生多得能組成一個加強連了，其中有很多都是非常優秀的男生，而你卻從來不正眼看他們？這是為什麼？」

郁小夏咬牙道：「很簡單，因為他們都非常骯髒卑微！」

林東哈哈笑了起來，「可笑，真是可笑的理由。女媧造人之時為什麼要造出男女兩類人？天下為什麼分陰陽？萬物為什麼分雌雄？你不懂我可以告訴你，那是因為女人和男人在一起才是順應天道的。你嫌男人骯髒卑微，有沒有想過你自己？刁蠻跋扈，能有男人喜歡你，你該感到幸運。為什麼你倩姐比你幸福？就是因為你是個沒人戀愛的女人！」

「你胡說，不是這樣的！我很幸福，我有爸爸愛我，有很多錢花，有很多人巴結我。」郁小夏被林東批得體無完膚，開始本能的反擊起來。

林東哈哈笑道：「悲哀，真是悲哀，你身邊除了你倩姐這個朋友真心對你好，除此之外還有誰是真心把你當朋友的？狐朋狗友一堆，真遇到了事情，絕不會有一個人幫你。」

「我不信！他們肯定都願意幫我！」郁小夏道。

林東拿出手機，「打給你一個朋友，告訴他你開車撞死人了，要他過來幫你處理屍體，看看他會不會過來。」

郁小夏沒拿林東的電話，摸出了自己的電話，撥了個號碼，「林東，你就看著瞧吧。」

第一個電話打出去很快就接通了，郁小夏一說這事，話還沒說完，那頭就掛了電話。接著她又給幾個朋友打了電話，皆是如此，沒一個願意幫助她的。郁小夏徹底死心了，扔掉電話，一種前所未有的挫敗感從內心裏狂湧而出。

「服不服了？」林東笑問道。

郁小夏機械的搖了搖頭，「不服，這種事情換了誰都不會幫忙的。」

林東笑了笑，「今天我就讓你知道你做人有多麼失敗！」他拿起自己的手機，先後給幾個朋友打了電話，和郁小夏說了同樣的話，但結果卻截然相反，所有人都願意幫他，而在最後，都被林東告知這只是個遊戲。

「還服不服？」林東再次問道。

郁小夏不吭聲了。

「郁小夏，你知道你為什麼會那麼依賴你倩姐嗎？」林東在她面前坐了下來。

郁小夏搖了搖頭。

「那是因為你知道只有你倩姐是真心實意的對你好的，你內心裏知道，只有她這麼一個真心待你的朋友。其實你很正常，你是個條件非常好的女孩，會有很多男生喜歡你，你年輕漂亮，而且又畫得一手好畫，是個多才多藝的女子，只是把自己的心門鎖得太死了。」

郁小夏彷彿於無際黑暗之中看到了一縷陽光，抬起了頭看著林東，「我真有那麼好嗎？」

林東點了點頭，「為什麼把自己的心鎖死了？沒有裂縫，陽光怎麼照得進來？

小夏，為了自己的幸福，是時候打開自己的心扉了。」

郁小夏掉頭看了看高倩，含淚問道：「倩姐，我可以嗎？」

高倩微笑點頭，「可以，當然可以，我的好妹妹，你是最棒的你知道嗎？姐姐能找得到真愛，你也可以的。」

郁小夏臉上的陰霾終於散去，露出了甜美的笑容，她看著林東，朱唇輕啟，「謝謝你。」這一刻，眼波流轉，似乎久久不願將目光從這男人的臉上移開。

林東心中的一塊大石終於落地，不由得舒了一口氣，「小夏，我和你倩姐的想法一樣，你是最棒的，我們都很看好你。」

郁小夏點了點頭，摟著高倩的胳膊，「倩姐，你結婚的時候一定要由我來做伴娘。選婚紗的時候一定要叫上我，我全程陪你。」

林東為絕後患，對她說道：「小夏，其實還有個好消息要告訴你，你倩姐有身孕了，你就快當阿姨了。」

「真的嗎？」郁小夏捂著嘴巴看著高倩，高倩微微點了點頭。

「我不要做阿姨，我要做寶寶的乾媽！」郁小夏興奮的說道。

「好，都依你！」

高倩挽著林東，二人異口同聲的說道。

臨出門之前，郁小夏飽含歉意的對林東說道：「林東，真是不好意思，今天早上我說的那些話太過分了。我要感謝你，是你讓我認識了自己，如果沒有你，我險些就鑄成了大錯。」

林東微微笑道：「小夏，如果得不到你的祝福，我想無論是我還是你的倩姐，我們都不會開心的。其實我也該謝謝你，順便祝你早日覓得佳偶。」

郁小夏一點頭，「那我走了。」

林東扶著高倩跟在後面，到了樓下大廳，郁天龍瞧見女兒出來，見女兒臉上掛著淚痕，本想大發雷霆罵幾句，頓時心就軟了。

「爸，你怎麼來了？」郁小夏先開了口。

郁天龍撓撓頭，「我來接你的。走，跟我回家吧。」

「好。」郁小夏上前挽著郁天龍的胳膊，與高紅軍打了聲招呼便走了。

高紅軍見郁小夏走的時候臉上帶著笑容，心知問題多半是已經解決了。笑著問高倩，「倩倩，你是怎麼說服小夏的？」

高倩搖搖頭，「爸，我可不敢居功，說服小夏的不是我，而是你的女婿。」

「林東？」高紅軍吃了一驚，郁小夏是最討厭他的了，早前他就看出來了，沒想到說服郁小夏的居然是林東。

「小子，你怎麼做到的？」高紅軍十分感興趣。

林東笑了笑，「沒什麼，就是鋌而走險的打了她一巴掌。」

高紅軍倒吸了一口涼氣，從小到大，郁小夏都是被嬌生慣養的，就連她的老子郁天龍都不曾動過她一個指頭，「林東，你怎麼敢下手的？」

林東笑道：「我在大學裏選修過心理學，對於小夏的心理多少有點瞭解，像她那樣的心理，如果一味的順著她，那是無法說服她的，必須要反其道而行之。我打她一個巴掌，是要她首先重視我，能聽得見我說話，然後再一層一層剝掉她的自以為是，只要她開始否定自己了，那麼下面就簡單了。」

高紅軍皺著眉頭，忽然一拍桌子，嚇了林東一跳，指著李龍三，「阿龍，你安排一下，去東吳大學找幾個教心理學的教授給我們的管理人才上課。」

李龍三道：「五爺，我記下了。」

林東一愣，這讓他對高紅軍又有了新的認識，那就是他的老丈人並不守舊，相反十分樂於接受新鮮事物，有一種與時俱進的心態，看來蘇城的江湖在他手上統一了還是有些原因的。

高紅軍忽然問道：「林東，你讓郭猛去接你父母沒？這可是大事，無論今早發生過什麼，這事情不能延期。」

林東道：「還沒，我現在就去。」

高紅軍揮揮手，「去吧。」

林東找到郭猛，讓他去楓樹灣把父母接來，郭猛欣然領命。

經過這一早上的鬧劇，高紅軍揉了揉腦袋，想起林東處理這件事情的雷霆手段，不禁微微一笑。他是越來越喜歡這個女婿了，這小子不僅膽大，關鍵是還有超凡的判斷力，日後打下來的江山交給他打理，自己也無需擔心什麼了。

高倩經過這一早上的折騰，身心俱疲，郁小夏走後不久，她就回房睡覺去了。

一個小時之後，郭猛就開著車回來了。高紅軍親自站在門外迎接。

林家二老幾時見過這等氣派的豪宅，一下車，二老就有一種矮人一截的感覺。

林東走到二老身邊，「爸媽，今天是高倩他爸請你們二老過來商量婚事的，你們別緊張，我岳父是個很好說話的人。」

「哈哈，老哥哥老嫂子，總算把你們給盼來了。」高紅軍笑著走上前來，握住林父的手。

李龍三在一旁歎道：「林家老兩口真是有面子啊，五爺見省長也沒那麼熱情過。」

本以為會因為身分的不平等而遭到高家人的白眼，見高紅軍那麼熱情，林家二老的心裏都稍稍放鬆了些，也沒剛才那麼拘謹了。

高紅軍把他們帶到客廳裏，讓下人給斟了茶。

這時，高倩從樓上下來了，她躺在床上沒怎麼睡著，聽到林家二老的聲音就下床了。

「爸媽，你們來了啊。」

林母拉住高倩的手，婆媳二人親密無間的聊了起來。

高紅軍見林東的父親不怎麼愛說話，便主動和林父攀談。

「老哥哥，麥子快熟了吧？」

林父笑道：「是啊，如果不是兒子結婚，我們老倆口子哪有時間來啊。」

「那地裏的麥子怎麼辦？」高紅軍笑問道。

林父笑道：「如果實在趕不回去，那就找鄉親們幫忙就是了。」

「我爸爸也是農村戶口，小時候也是在農村長大的，印象最深的就是小時候跟在我娘後面撒種子。我娘刨一個坑，我丟幾粒種子進去。」高紅軍說到這裏，勾起了對母親的回憶，語調變得蒼涼了。

林父笑道：「親家，沒看出來你也幹過農活，對了，這回來這裏我也給你帶了些禮物。在車裏，我去拿過來。」

高紅軍連忙制止他，「老哥哥，你坐下，讓年輕人去拿就是了。」

郭猛腦筋活泛，一路小跑著把林父放在後車廂裏的東西拎了過來。

林父把蛇皮口袋打開，裏面是半袋子小紅豆，捧了一把出來，「親家，你可別看不上我們這東西，都是自己親手種的。紅豆有營養，可以煮粥吃。」

高紅軍連忙說道：「老哥哥你太客氣了，這東西我很喜歡，以前我老娘也種過，蒸米飯的時候會放點進去，香得很。」

林父聽高紅軍那麼一說，喜上眉梢，「這東西很容易種植的，親家你可以留些下來做種子，隨便找個能見光的地方把種子種下，就能長出苗兒來了。」

高紅軍與林父探討了一些農桑方面的事情，這倒是很快拉進了二人之間的距離。林父很快就不覺得高紅軍是高高在上的大人物了，與他稱兄道弟。

到了中午，高家準備了一桌好菜，兩家人在一個桌上吃了頓飯。飯畢，高紅軍就開始跟林家二老商量起兒女結婚的事情。

「老哥哥老嫂子，兩個孩子的生辰八字我拿去請高人算過，最近兩個月內有兩個好日子，一個是本月二十八，另一個是下月初九。你們看看定哪個時間合適？」

高紅軍給足了林家二老的面子，這主要是為了照顧林東的面子。

林父笑道：「親家，我和東子他娘商量過，婚禮最好是在這邊辦一次，然後再去我們老家辦一次。我看這兩個時間都不錯，要不這個月二十八就先在這邊辦一次，招待一下你家這邊的親朋，等到下月初八再去我們老家擺一次喜酒。你看如何？」

高紅軍道：「好啊，就當這麼辦。」定下了婚禮的日期，高紅軍告訴林家二老，「剩下的一應準備就由我來準備吧。老哥哥老嫂子你們在蘇城好好玩一陣子，別急著回去。」

林父道：「不瞞你說親家，麥子快熟了，我這心裏著急得很，每日都跟火燒的似的。既然孩子結婚的時間已經定下了，明天我就得回去了，收完了麥子再過來。反正還有二十幾天的時間，完全來得及的。」

高紅軍沒說什麼，又聊了一會兒，林家二老就提出告辭了。高紅軍親自送到門外，與林父握手道別。林東沒讓郭猛送父母回去，而是自己駕車送林家二老回了楓樹灣。

「東子，你岳丈還挺客氣的嘛。」林父坐在後排笑著說道。

林東道：「是啊，他就是這麼個人，人敬他他便敬人，若是得罪了他，那可不是鬧著玩的。」

「對了，高倩家裏到底是做什麼的？這你到現在都沒跟我們說呢。」林父追問道。

林東答道：「做生意的。」

林父搖搖頭，「不對，做生意的院子裏養那麼多人幹嗎？怎麼看著都像是打手呢？」

林東當然不會告訴父母高紅軍是蘇城道上的扛把子，這估計會把父母嚇著，「爸，你真是瞎想了。他家為什麼有那麼多人，那是因為生意做得大，那些人都是保鏢。」

「保鏢啊，看樣子也是。」林父咂著嘴說道。

把父母送到家，林父拉著林東，「你把小邱給我找回來吧，明天我就要回去農忙了。」

林東點了點頭，「好，我一會兒就給他打電話。」然後又對林母說道：「媽，你就別回去了，我讓爸花錢雇幾個人，花點錢就能把麥子收回家了。你暈車暈得厲害，就留在這裏吧，等爸回去了，我就搬過來與你一塊兒住。」

林父道：「我本來和你媽就那麼商量的，她這次不回去，等你和高倩在這邊結了婚之後，再與我一起回去準備你和高倩的婚禮。」

從楓樹灣出來，林東就給邱維佳打了電話。

「維佳，你在哪兒呢？」

邱維佳笑道：「我啊，還在溪州市呢，什麼事？」

林東道：「今晚趕回來吧，我爸明天要回懷城，你明早送他回去吧。」

邱維佳不大情願的說道：「嘿，我說老爺子也真是的，這才來幾天就要走啊，我還沒玩夠呢。」

林東道：「麥子熟了，要回去農忙，哪能像你小子那麼輕鬆。」

邱維佳點點頭，「我知道了，胖墩和鬼子都見著了，今晚約了一起吃飯，你也過來吧，咱們四個已經好久沒在一塊兒聚聚了。」

林東想了想，胖墩和鬼子雖然都在他的工地上。但這半年來並不常見，也是該聚聚了。於是就說道：「好，我來安排酒店。」

邱維佳立馬打斷了他，「別！別去什麼酒店了，你習慣那地方，不代表我們習慣。按我的意思，咱就找個小餐館，就跟我們學校附近的那樣就成，便宜還實惠，關鍵是吃得舒暢。」

林東覺得邱維佳說得很有道理。「那好，就找家小飯店。我帶兩瓶好酒過去。」

掛了電話，林東開車回到高家大宅，跟高倩說了今晚要和朋友相聚。高倩囑咐他少喝點酒。

「對了，你爸的好酒都放在哪裏了？」林東笑問道。

高倩道：「幹嘛，你打什麼主意？」

林東嘿嘿笑道：「不打什麼主意，明目張膽的。他女兒都是我的了，不在乎我再拿幾瓶酒吧。」

高倩道：「貧嘴！我家的酒都在酒窖裏呢，你去找李龍三吧，讓他帶你去拿吧。」

「老婆，那我走了。」林東在高倩光潔的額頭上親了一口，然後便下了樓。找到了李龍三，說明了來意。

李龍三道：「要什麼酒？」

林東道：「白酒。」

「你等著。」李龍三離開了一會兒很快就回來了，回來的時候手上已經提了兩瓶酒，塞給了林東。

林東一看，兩瓶都是上了年份的好酒，這種酒在市面上已經不多見了，「三哥，多謝。」

李龍三一揮手，「這酒可都是五爺的，你別謝我。」

帶上了酒，林東開車就往溪州市去了。

到了溪州市已經將近傍晚，和邱維佳在說好的地方會合，然後便開車去接胖墩和鬼子。來到金鼎建設在北郊的工地，林東給胖墩打了個電話，過了一會兒，胖墩和鬼子就相伴走到了門口。

胖墩瘦了些，鬼子胖了些。鬼子自從到了工地之後，完全把這兒當成了自己的工地，盡心盡責，一雙賊兮兮的眼睛緊緊的盯著四周，任誰也不敢偷懶耍滑。在工地上吃得好，又不需要幹力氣活，鬼子身上終於有了點肉了。而胖墩則不同，他為了能儘快把工程做完，帶著手下的兄弟沒日沒夜的趕工，人瘦了一大圈，但腰包卻著實鼓了起來。他這半年賺的錢已經夠他在山陰市買一套一百二十平米的房子了。

邱維佳摟著胖墩，指著林東罵道：「你小子瞧瞧，咱的胖墩都瘦成啥樣了，你們資本家老闆真黑心啊。」

林東嘿嘿笑了笑，指著鬼子，「你瞧這位不是胖了嗎？」

「老闆，你別拿我當擋箭牌啊。」鬼子嚷嚷道。

林東道：「都下班了，別叫老闆了。鬼子，咱們私下裏可是兄弟。」

「習慣了。」鬼子咧嘴一笑。

邱維佳笑道：「林東，你知道鬼子最近在忙什麼嗎？」

林東搖了搖頭，「好像沒有去賭博吧。」

「咱們的鬼子交女朋友了！」邱維佳哈哈笑道。

鬼子這皮糙肉厚的傢伙居然也低下了頭，臊得滿臉通紅。

林東看著鬼子，問道：「真的嗎？哪兒的姑娘？」

鬼子不說話，胖墩開口了，「就是工地附近一個賣魚的，結過婚，老公打架被打死了。那女的比我還壯，鬼子是看上人家那大屁股大胸脯了。」

「放你的狗屁！」鬼子罵了一句，「我、我們是真心相愛的！」

林東一見鬼子急了，連忙扯開話題，「不說這個了，走吧，吃飯去。」

話一說而，胖墩和鬼子全部鑽進了邱維佳的車裏。林東搖了搖頭，看來自從胖墩和鬼子在他手底下討生活之後，他們之間就不再是單純的兄弟關係了。這讓他心裏湧起一陣悲涼之感，是否人達到的地位越高，朋友就會越少呢？曲高和寡，說的就是這個道理吧。

邱維佳對溪州市的路不熟，林東在前面帶路。他開車去了陶大偉曾帶他去過的大學城周圍的小吃街，那一排排都是小飯館。四人就近找了一家，林東把兩瓶酒拿了出來。

進去之後，正好有一桌人剛剛結賬走了，就讓老闆收拾了一下桌子，四人就圍著桌子坐了下來。

「兄弟們，明天我就得走了。」

邱維佳滿懷傷感的說道。

「那麼快就走啊？」胖墩說了一句。

邱維佳笑道：「不過我很快就會回來的，林東下個月二十八結婚。」

胖墩和鬼子都是第一次聽說，忙追著林東問了起來。

鬼子的臉色忽然暗淡了下來，情緒低沉，「你們一個個都成家立業了，就剩我了，好不容易談個對象還被你們說來說去，我容易麼！」說著說著淚就下來了。

其他三人之中，屬胖墩對那女人最為瞭解，說道：「鬼子，你可別犯傻，那女人不是好貨。我問你，這兩月的工資還剩下多少？」

鬼子冷冷道：「剩下多少關你什麼事？我的錢我愛怎麼花就怎麼花。」

胖墩哼了一聲，「你別被人蒙了，那女人勾三搭四，這附近工地上的，不知道有多少是她的相好呢。她那大屁股大胸脯就是她用來勾引你這種人的本錢！胡三兒你知道吧？昨天找我借錢，我一問才知道，這兩月的工資全貼那女人身上了。」

鬼子面色刷白，臉上直冒汗，胖墩說的有理有據，他卻仍是不願相信，「胖墩，恐怕是你和胡三兒串通好了吧？老實說，你是不是也看上蘭花兒了？我告訴你，你可別跟我搶，小心我跟你玩命！」

「我呸！」

胖墩火氣上來了，「就拿女人的模樣，哪裏比得過我媳婦？我看上她？你說笑了吧。鬼子，我當你是兄弟才提醒你的。眼下你最主要的事情是儘快攢錢，然後回家蓋房，再花點彩禮娶個本分的女人過日子。」

鬼子悶不作聲，他現在正處於熱戀期，誰的話也聽不進去。

林東知道胖墩說話做事向來都很有分寸，如果不是那女人真的有問題，胖墩絕不會隨意捏造的，便對鬼子說道：「鬼子，情況是怎樣的，你說給我聽聽，我替你分析分析。」

在鬼子心裏，林東的地位是超然的，他覺得林東什麼問題都能解決，氣呼呼的說道：「林東，我說出來你可得評評理。」

他將和賣魚的蘭花兒認識和交往的過程說了出來。鬼子吃不慣工地的大鍋飯，於是便自己買了電磁爐，有時候會自己開小灶做點對胃口的東西，那次去菜場買魚，來到蘭花兒的攤位前，見蘭花兒身材豐滿，眉眼帶俏，便被吸引了。打聽之下，才知道蘭花兒的丈夫已經死了，守寡有兩年了。於是鬼子就天天去買魚，與蘭花兒一回生二回熟，很快就勾搭上了。

蘭花兒動不動就在他面前說需要錢做這做那，還說要擴大攤位。鬼子這輩子從沒嘗過女人的滋味，在蘭花兒身上領略了一番之後便欲罷不能了，每當進入之前，蘭花兒總是會跟他說一些條件，不知不覺之中，鬼子每月賺的錢就全沒了。當然，每次鬼子帶錢來的時候，總是蘭花兒在床上最賣力的時候。

林東聽了之後，心裏的想法與胖墩是一致的，這女人純粹是利用鬼子的感情來騙錢，便說道：「鬼子，你認識蘭花兒多久了？」

「三月不到，兩個月零九天。」鬼子如實答道，這輩子他從未把一個時間記得那麼清楚。

「那你認識我和胖墩多久了？」林東又問道。

「十幾年了。」鬼子笑著說道，「你問這幹什麼呢？」

「在座的可都是你十幾年的朋友了，有誰曾害過你？」

林東這麼一問，鬼子就低下了頭，不敢直視他的目光，低頭不吭聲。

「胖墩不會害你的，我也不會害你的，那女人是不是圖你的錢，你試試就知道了。」林東平靜的道。

鬼子抬起頭，看著林東，滿含期待的問道：「林東，我該怎麼試？」

林東道：「很簡單，你去醫院做個體檢，然後拿著體檢的報告去找她，就說你得了大病。那報告上全是數據，不是學醫的根本看不懂，我想那女人應該不會看得懂的。接下來就看她對你的態度了，不用我多說，對你是真心實意，還是圖你的錢，明眼人一看就知道了。」

胖墩道：「林東這法子不賴，鬼子，你就照做吧。」

鬼子深吸了一口氣，點了點頭，「哥幾個，你們才是真正為我好的，趕明兒我就拿你的法子去試試，如果那婆娘跟我在一起真是就為了騙我的錢，老子以後絕對跟她一刀兩斷。」

邱維佳哈哈一笑，「瞧，鬼子還是蠻能接受群眾的批評教育的嘛！」

過了一會兒，菜終於端上來了，眾人一陣吃喝閒聊。

「北郊的工地快完工了，接下來我的人去哪兒幹？」胖墩問道。

林東笑道：「接下來的工程，估計你們兩年內都做不完。」

胖墩聽了這話，一時來了精神，忙問道：「什麼情況？」

林東笑道：「公租房，比北郊的樓盤大太多了，夠你們忙活至少兩年的。」

胖墩感覺到眼前有金光在閃動，若是能接到這兩年都做不完的工程，他這輩子

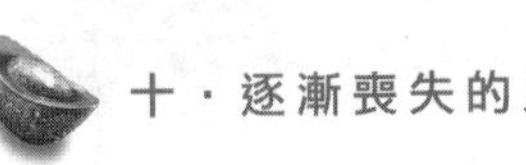

就不用再為錢而發愁了，端起酒杯激動的道：「林東，來，我們乾一杯！」

「別乾了，隨意喝點。」林東端起杯子與他碰了一下。

「對了，我上次看到柳枝兒了，她現在怎麼樣？」胖墩問道。

林東微微一笑，「枝兒很好，我估計，不久你們就可以在電視上看到她了。」

「啥？」邱維佳和胖墩都是一驚。

林東道：「枝兒被選作一部電視劇的主角了，聽明白了嗎？」

邱維佳張口驚呼，「我的天吶，咱大廟子鎮真出人才啊！」

胖墩撓著腦袋，「上次見著她的時候，還在劇組做劇務，就是個搬東西打雜的，怎麼沒多久就變主角了？這變化也太大了吧。」

林東笑著搖頭，「你們別不信，起初我都不信，但事實就擺在眼前了，順便告訴你們，投資那部劇的老板是高倩，和我已經領了證的老婆。」

邱維佳和胖墩的眼珠子差點沒掉碗裏，這兩人都是滿臉的駭然之色。

「兄弟，還是你猛啊，能讓老婆投錢給人拍戲，我服了！」邱維佳雙掌合十，朝林東一拜。

胖墩較為冷靜，沉聲道：「林東，你不覺得你這是在玩火嗎？這萬一要是讓高倩知道了，我看你怎麼收拾。」

「如果我說，高倩已經知道了呢？」林東笑著道。

胖墩挑起了大拇哥，「兄弟，我也服了！家裏旗不倒，外面彩旗飄飄。你給咱哥幾個長臉了！」

林東搖了搖頭，如果不是高倩沒跟他計較，他真不知該如何處理這個問題。

兩瓶酒喝完，桌上的菜也都吃得差不多了。鬼子趴在桌上睡著了，剩下的三人則在回憶往昔在一起的快樂時光，一直聊到十點多，這才付了錢離開了飯店。胖墩有力氣，把鬼子一夾，拖著他離開了飯店。

把胖墩和鬼子送回了工地，林東和邱維佳開車連夜趕回了蘇城。回到了林東家裏。邱維佳把車鑰匙還給了林東，「還是你的賓士高檔，開著舒服。」

林東笑道：「等度假村建好了，你幫我好好打理，我也給你弄一輛這車。」

邱維佳頓時來了精神，「我可記下了，你到時可別反悔！」

「能不能拿到這獎賞，還得看你自己的能力。」林東指了指浴室，「趕緊洗漱睡覺去吧，明天一早把我老爹送回去。」

第二天一早，林東和邱維佳就先後醒了。二人開車到了楓樹灣。林母準備好了早餐，吃完之後，林父就準備動身回去了。

「田裏的麥子應該熟透了吧，現在田裏一定很熱鬧。」林父歸心似箭。對於一個莊稼人來，沒有什麼比收穫的時候更加令人興奮的了。

林母把自家老漢的東西打包放好。幾十年來他們從未分開過，這一下子老漢回家去了。心裏頓時變得空落落的。林東和母親一直送到樓下，林母不停的叮囑林父，要他晚上睡覺記得關門，不要喝酒。

「老婆子，你就別婆婆媽媽的了，我又不是三歲的娃娃。」林父顯得有些不耐煩，鑽進了車裏，對林東和老伴甩甩手，「回去吧，我走了。」

看著寶馬駛離，林母抹起了眼淚，林東把母親擁入懷中，笑道：「媽呀，你哭啥呢，爸忙完了農忙馬上就回來了。」

林母擦了擦眼淚，「你爸這麼多年的起居生活都是我照顧的，我是害怕他一個人在老家吃不上可口的飯菜，過得不舒服哩。」

林東點點頭，的確如此，「媽，這樣吧，你給二嬸打個電話，就讓爸去她家吃飯，也省得他自己做了。」

「沒用的，你爸不會去的。在別人家吃一頓兩頓還行，連著吃幾天，他肯定不會去的。」林母了解自己的老伴，林父這輩子吃人家一口飯都會覺得虧欠人家的，怎麼可能在別人家連續吃幾天。

「好了，反正家裏有吃有喝的，爸不會餓著，我們回去吧。」林東推著母親進了電梯，回到了屋裏不久他就開車去公司了。

在去公司的路上，林東接到了高倩的電話。

「老公，爸走了嗎？」高倩問道。

林東道：「走了不久。」

高倩道：「你白天都在公司忙，我怕媽在那兒感到孤單，我已經讓白阿姨收拾東西了，一會兒收拾好了就讓郭猛開車帶我去楓樹灣，在爸回來之前，我就住那兒陪著媽，那樣她就不會覺得孤單了。」

林東心中感動，「倩，娶到你做老婆是我這輩子最幸運的事了，老林家能有你這麼個兒媳婦，一定是祖先保佑，等下次回家，我一定去祖墳上拜祭祖先。」

「油嘴滑舌，討厭！」高倩嗔道。

掛了電話，林東剛進公司，還沒坐穩，劉安的電話就打來了。

「林總，你現在有時間嗎？」

林東心想估計是劉安他們查到什麼了，便道：「我有時間，什麼情況？」

劉安道：「我們現在在南街天橋附近的棚戶區這邊，你要找的那個人就住這裏，要不要過來看看？」

林東點點頭，「好，你等著，我現在就過去。」

掛了電話，林東立馬就離開了公司，火速趕往劉安的地方。半個小時之後，林東就到了地方。劉安三人正窩在一輛桑塔納裏，從後視鏡裏看到了林東下車，立馬打開車門走了過來。

劉安三人走到林東面前，劉安指了指前面的城中村，「那人叫牛強，就住在裏面，是個白血病患者。」

林東笑道：「果然是警察出身的，昨天讓你們做的，今天就查到了。」

劉安笑道：「其實這很簡單，我們在蘇城這邊的公安系統裏有同學，抱著試試看的態度，就讓他去數據庫裏做了一下比對，很快就找到了人。」

小陳補充道：「林總，我們打聽過，這個人以前在金氏玉石行上班，是得病之後才離開的。」

「這是一條非常重要的訊息，」林東道，「可以證明他跟金河谷必然有聯繫。」

劉安道：「那接下來怎麼辦？要不要順藤摸瓜？」

林東點點頭，「只要他能承認這一切都是金河谷在幕後安排策劃的，那麼金河谷想脫身，就沒那麼容易了。」

劉安笑了笑，「我想這不是問題，我們三個在刑偵隊幹了那麼久，什麼硬漢子沒見過，到時候還不是乖乖的招供了。」

林東擺擺手，「不能那麼做，你們現在已經不是警察了，有些事以前能做，現在不能做。劉安，你們三個辛苦了，回去歇息吧，這裏交給我。」

林東怕劉安三人做事沒分寸而把事搞砸了，從上次抓捕萬源的行動中他就看出來了，這三人都跟陶大偉很對脾氣，都屬於那種見火就著的暴脾氣。

「好的，林總，那我們回去了，有事您再吩咐。」

劉安三人上了車，桑塔納在震動了幾下終於發動了，排氣孔裏冒著黑煙走了。

林東擦了擦臉上的汗，邁步朝棚屋區走去。還沒到裏面，他就聞到了一股難聞的味道，汗水，爛菜，垃圾混合在一起的味道。他實在難以想像這裏的人是怎麼生存下去的。

他四下看了看，腐臭的味道正是從旁邊的一條臭水溝裏飄出來的，水溝裏的水呈黑色，上面飄滿了垃圾，成群的蒼蠅圍繞在上面。進了棚戶區，林東仔細一想，以前老牛在金氏玉石行工作，那收入應該還算不錯，如今淪落到在這裏生活，多半是看病讓他家破了產。

「老人家，請問牛強家是哪家？」

林東在路上碰到了一個拄著拐杖的老人，上前問道。

老頭抬頭看了眼林東，覺得不是壞人，說道：「你不知道嗎，他們家前幾天搬家了。」

「搬去哪裏了？」林東問道。

老頭搖了搖頭，「這我就不知道了，說來也奇怪，可能是買彩票中了大獎吧，據說買了新房子了。」

林東沒想到撲了一個空，謝過了老人就離開了棚戶區，在回去的路上，他給劉安打了電話。

「劉安，不好意思，你們不能休息了。牛強已經搬離了城中村，現在一家人下落不知所蹤，你們儘快替我找到他新家的所在之地。」

劉安在電話裏說道：「好的林總，我們現在就去調查。」

林東失望而歸，還沒到公司，忽然接到了陸虎成打來的電話。

「陸大哥，你怎麼有空給我打電話了？」

陸虎成道：「我到蘇城了，你在哪兒？」

林東一驚，陸虎成突然出現在蘇城，莫非是出了什麼事情？

「我也在蘇城，正在路上開車，你在哪兒，我過去見你。」

陸虎成道：「我在萬豪國際大酒店十八樓的三號總統套房，你趕緊過來，有事情要與你商議。」

輕車熟路，很快就到了萬豪國際大酒店。林東進電梯直上十八樓。來到三號房的門前，按了一下門鈴。

劉海洋拉開門，面色凝重，「林總，請進吧。」

林東邁入客房，瞧見陸虎成坐在客廳沙發上抽煙，臉色十分不好。

「陸大哥，發生什麼事情了？」林東立即問道。

陸虎成指了指對面的沙發，「先坐下來吧。」

林東剛坐下，陸虎成就丟了一支煙給他。林東接過來之後又放到了桌上，「陸大哥，我戒煙了。」

「戒了？」陸虎成像是聽到了什麼不可思議的事情，睜大眼睛問道。

林東緩緩點了點頭，「高倩懷孕了，為了孩子，我決定戒煙了。」

陸虎成臉上浮現出一絲笑容。「這麼多天了，總算是聽到了一件好消息。兄弟，恭喜你啊！」

林東笑了笑。

陸虎成道：「我得到了消息，外國有幾個大財團聯合要做空中國股市。」

林東眉頭一皺，「消息可靠嗎？」

陸虎成點了點頭，「應該可靠，這些年我的情報機構提供的消息沒有一次是不準的。」

林東往沙發上一靠，面色顯得十分凝重。眉頭緊鎖，如果真是這樣。中國股市必將迎來一場巨變，恐怕許多股民都將虧得傾家蕩產。

陸虎成吐出個煙圈，「考驗要來了，如果頂不住這次的衝擊，我敢肯定，中國將有不下百萬人跳樓自殺。」

「情況已經那麼糟糕了？」林東訝聲問道。

陸虎成道：「恐怕比你我想像的還要糟糕。」

請續看《財神門徒》之十七　致命交鋒

財神門徒 之16 梟雄之心

作者：劉晉成
發行人：陳曉林
出版所：風雲時代出版股份有限公司
地址：105台北市民生東路五段178號7樓之3
風雲書網：http://www.eastbooks.com.tw
官方部落格：http://eastbooks.pixnet.net/blog
Facebook：http://www.facebook.com/h7560949
信箱：h7560949@ms15.hinet.net
郵撥帳號：12043291
服務專線：(02)27560949
傳真專線：(02)27653799
執行主編：劉宇青
美術編輯：許惠芳

法律顧問：永然法律事務所 李永然律師
　　　　　北辰著作權事務所 蕭雄淋律師

版權授權：蔡雷平
初版日期：2015年12月
初版二刷：2015年12月20日
ISBN：978-986-352-076-4

總經銷：成信文化事業股份有限公司
地　址：新北市新店區中正路四維巷二弄2號4樓
電　話：(02)2219-2080

行政院新聞局局版台業字第3595號 營利事業統一編號22759935

定價：280元　特價：199元

國家圖書館出版品預行編目資料

財神門徒／劉晉成著. -- 初版-- 臺北市：風雲時代，
　　2015.04 -- 冊；公分

ISBN 978-986-352-076-4（第16冊；平裝）

857.7　　　104015647